es 1320

edition suhrkamp

Neue Folge Band 320

Krieg ist drei Theaterstücke.
Krieg als Festungskrieg in Aktion ist *Heiliger Krieg*: Welt, Revolution, Bier. Der Kampf geht weiter.
Krieg in der Nacht ist *Schlachten*: Familie, Kunst, Haß. Der Kampf hält an.
Krieg zum Schluß heißt schließlich und endlich hier Traktat Gegen Den Widerstand Des Materials Ergibt Weder Material Noch Widerstand Sondern Summa Summarum Traktat Genannt Von Herzen *Kolik*: Ich, Wort, Tod.

Rainald Goetz, geboren 1954, Studium der Medizin und Geschichte. 1983, *Irre,* Roman. 1986, *Hirn,* Geschichten.

Rainald Goetz
Krieg

Suhrkamp

Inhalt

edition suhrkamp 1320
Neue Folge Band 320
Erste Auflage 1986

Erstausgabe

Satz: Hümmer, Waldbüttelbrunn
Druck: Nomos Verlagsgesellschaft, Baden-Baden
Umschlagentwurf: Willy Fleckhaus
Printed in Germany

1 2 3 4 5 6 – 91 90 89 88 87 86

Krieg

Welcome To The Pleasure Dome

Frankie Goes To Hollywood

Heiliger Krieg

Personen

Stammheimer
Stockhausen
Heidegger
Soldaten
Mädchen
Bürger

»Die Feinde unserer Feinde sind auch unsere Feinde.«

I. Nacht
Sehr beschwingt

1.
Presto

STAMMHEIMER
Ich?
STOCKHAUSEN
Nein, ich
STAMMHEIMER
Ich, wie immer, ich. Ich ich ich
STOCKHAUSEN
Jaja, schon gut, na denn, bitte
STAMMHEIMER
Nichts jaja, nichts schon gut. Introibo
STOCKHAUSEN
Guten Morgen Freunde, wie gehen die Geschäfte
STAMMHEIMER
Introibo ad altare Dei
STOCKHAUSEN
Seid mir gegrüßt, willkommen, Durst hab ich, bring Bier
STAMMHEIMER
Zu Gott, der mich erfreut von Jugend auf
STOCKHAUSEN
Trinkt Männer, und was macht das Volk
STAMMHEIMER
Prost, Prost ihr Ärsche, Klassenkampf
STOCKHAUSEN
Nieder mit
STAMMHEIMER
Hoch die, hoch die, Durst hab ich wie zehn nackte Neger
STOCKHAUSEN
Die Aids im Hintern haben, hoch die Tassen, hoch die
STAMMHEIMER
Internationale

Stockhausen
Solidarität
Stammheimer
Hoch die Internationale Solidarität, hoch die, hoch die, Prost
Stockhausen
Klassenkampf
Stammheimer
Klassenkampf
Stockhausen
Mensch, Bubi
Stammheimer
Ach, Harald
Stockhausen
Sprechen wir über die guten alten Zeiten.
Stammheimer
Nur über Helga nicht
Stockhausen
Die wurde von Bubi vor sieben Monaten mit dem Gewehr erschossen
Stammheimer
Weiter weiter hinten, ach Harald, Juhnke nachts bei Bubi
Stockhausen
Die beiden Männer standen sich stumm gegenüber
Stammheimer
Eine Sekunde, zwei
Stockhausen
Dann sanken sie sich in die Arme, Mensch, Bubi
Stammheimer
Ach, Harald
Stockhausen
Darauf trinken wir einen, Junge, hau weg die Scheiße, Prost
Stammheimer
Prost, Männer, Prost
Stockhausen
Hoch die Tassen, hoch die Internationale Solidarität.

Stammheimer
Schaff Recht mir, Gott, und führe meine Sache
Stockhausen
Gegen ein unheiliges Volk, von frevelhaften, falschen Menschen
Stammheimer
Rette mich, rette mich Herr, Herr es ist Sommer
Stockhausen
Herr es ist Nacht
Stammheimer
Herr, gib Schatten Herr, mir brennt das Herz
Stockhausen
Herr Ober, noch zwei Bier.
Stammheimer
Ach, Harald.
Stockhausen
Mensch, Bubi.
Stammheimer
Sprechen wir nicht über Helga.
Stockhausen
Sprechen wir über die guten alten Zeiten.
Stammheimer
Wir sprachen über die gute alte Zeit.

2.
echt extrem echt

Schuss
fällt, Lichtblitz blitzt.
Erschossener Mündiger Bürger
Runter
fallen
zwei
Meter
vornüber
Aufschlag

mit Scheiß
Gesicht

HANDSCHELLENGEFESSELTER KNIENDER MÜNDIGER BÜRGER

Schieß doch, du Schwein

ERSCHIESSENDER SOLDAT

Schuß schießen
Blitz blitzen
Tot töten

ZWEITER EXEKUTIONSKOMMANDO SOLDAT

Ja
Lustig
Spiel spielen
Tot töten
Musik.

3.
Olli, Telefon

HEIDEGGER

RSSS Heidegger guten Tach
Jawollja, sicher, jajaja
Super
Klar
Haha, logisch, ein voller
Eben, richtig, genau, logisch ein voller Ankommer
Was
Ja ja, hahaha, immer immer
Immer der logische Ankommer
Klar
Ja
Ja
Weiß ich weiß ich weiß ich
Weiß ich doch
Jajajaja
Du
Du aber
Entschuldige, du aber, du ich muß jetzt hier ganz schnell, ich

kann jetzt im Moment nicht länger, weil die anderen warten schon wieder wir sind hier, weißt du wir sind schon wieder dermaßen im Druck hier, daß
Eben
Ja
Und ihr macht uns also möglichst schnell wie abge
Genau, wie vereinbart, alles viel drasti
Was, nein, drastischer
Logisch
Schneller, logisch schneller
Ja, langsamer
Sicher, logisch, klar, genaugenau
Jaja jaja, hach, tja
Was, nein, gut du ich muß jetzt wirklich
Ja
Gut
Ja
Tschüßdenn, tschüßchen, tschüß
Was
Nein, Quatsch, logisch
Ja, tschüßdu
Hmhm, mach ich, tschüß
Tschüß.
Geschäft,
Geschäfte, Geschäfte, ununterbrochen Geschäft, mitten in der Nacht, Geschäfte auch mitten in der Nacht, das macht uns unschlagbar, praktisch rund um die Uhr, praktisch 24 Stunden, das ist RSSS, praktisch ich, imgrunde logisch ich allein, die andern trinken, ich schmeiße hier den Laden, meine Leidenschaft, mein Rausch, die Geschäfte, gerade nachts, nachts machst du die härtesten Geschäfte, immer, alles Telefon, Verhandlungen, Geschick, was heißt Verhandlung, reden lassen reden lassen, meine Devise, immer reden lassen alle immer reden lassen, selber logisch warten, du brauchst nur warten, da gibt es noch keinen der sich nicht um kopfundkragen redet, läßt man ihn reden, redet sich jeder automatisch kaputt, rein

geschäftlich, muß der erst noch erfunden werden, der sich nicht selber in den Ruin redet, läßt man ihn reden, meine Devise, gerade nachts, die Basis, für alles die Basis.
Dann werden sie mißtrauisch, logisch, weil du machst logisch Gewinn, dann hast du den Dreck, weil du oben bist, und oben ist Dreck, weil oben ist nie eine Basis für nichts, aber unten ist immer noch Platz, meine Devise, meine ewige Rede, logisch retour, retour retour, immer zurück zurück zurück.

4.
Zum Planetarium

STOCKHAUSEN
Und dann

STAMMHEIMER
Unddann unddann, nichts unddann
Dann bin ich raus gegangen. Wir hatten uns in einen Rausch geredet, alle, die ganze Nacht hindurch, ununterbrochen Tee getrunken, ununterbrochen geredet. Wir lagerten auf dem Boden, redeten, tranken, und sank einem der Kopf ermüdet nieder, schob ein anderer ihm ein Kissen unter. Was wir redeten, weiß ich nicht mehr, es ist die Wahrheit, wußte ich bewegt, die Rede ist die Liebe, nichts anderes, die Rede selbst, einzig die Rede. Dann stand ich draußen unter dem nächtlichen Himmel.

STOCKHAUSEN
Und dann

STAMMHEIMER
Mit meinem glücksaufgerissenen, jungen, abenteuerlich offenen Städteherz, Straßenherz, Steineherz, Himmelherz, Sterneherz. Ich sah die letzten Sterne, vor dem frühsommerlich frühen Schwinden der Dunkelheit der Nacht, es war wohl Ende Mai, und sie stürzten auf mich nieder, mir ins bereite, dem All unendlich dankbare begütigte Herz.

STOCKHAUSEN
Und dann

STAMMHEIMER

Da brach der Krieg aus, in diesem Glutaugenblick erfaßte mich der Taumel der Vernichtung, Antike, Ordnung, Kosmos, Krieg, die Macht des Proletariats, der Klassenkampf, das Volk, die gute große schöne ganze Welt.

STOCKHAUSEN

Und dann

STAMMHEIMER

Im Nu graute der Tag, die Autos wurden mehr, der Rausch der Tätigkeitsgeräusche, brüllend, Leben, ich sog die Luft ein und breitete die Arme aus und ging umher und huldigte jedem Wurm.

STOCKHAUSEN

Und dann

STAMMHEIMER

Später kamen die Freunde, heiter erschöpft, manche gingen Hand in Hand, und dann winkten wir einander zu zum Abschied.

5.
Keep Your City Clean

SCHAUENDER MÜNDIGER BÜRGER

Wo schleppen Sie denn diese fürchterlichen Vögel hin, hören Sie mein Herr, die sind ja gräßlich nackt, diese Tiere, so gerupft, wo haben die denn diese schrecklich langen Hälse her, die sind ja riesig, wie die da an Ihren Händen baumeln, an ihren Hälsen, mit diesen kleinen Köpfen, das scheinen ja fürchterlich schwere Leiber zu sein, Mensch Mann die leben ja noch, das müssen wohl Schwäne sein, wie die da zappeln, also so etwas habe ich noch nicht gesehen, wie die da mit diesen Stümpfen, mit ihren komischen gerupften Flügelresten um sich schlagen, also wissen Sie, sagen Sie, wie kriegen die denn überhaupt noch Luft, diese Tiere, mit ihren armen dünnen Hälsen, wie Sie die halten, wie die da baumeln, die müssen wohl richtig um Luft ringen, schön ist das nicht, sagen Sie, nicht wahr, die Armen, gräßlich, möglicherweise haben die vielleicht sogar richtig Angst, man weiß es nicht, diese Tiere, so hilflos wie die sind, in diesem Zustand, mein Gott, die Kreatur, mit dieser gerupften nackten gräßlich weißen Haut, o je, jessersnein jessers, was machen Sie denn jetzt da mit dem Hackebeil, ui ui ui, also wissen Sie, sagen Sie.

SCHLACHTENDER MÜNDIGER BÜRGER

Mir werden auch nicht jünger. Einer muß euch Deppen ja den Schlachter machen. Und Sie haben mir hier gerade noch gefehlt, weil Sie mir im Weg um gehen, bei der Arbeit, mit Ihrem Schmarrn da. Außerdem werden ihnen eh erst die Hälse umgedreht.

SCHAUENDER MÜNDIGER BÜRGER

O je.

Ja ja, so gehts dahin, jessers war das jetzt gräuslich, aber hören Sie, sagen Sie, das klingt ja, jetzt sind sie tot, aber wie das knackt, das knackt ja fürchterlich lebendig, das Halsumdrehen, praktisch wie beim Hendlessen, aber wissen Sie was, weil, jessers jetzt kommt er mit dem Eisenbeil.

SCHLACHTENDER MÜNDIGER BÜRGER

Jetzt schleichens sich Ihnen hier weg Sie. Sonst kommens auch gleich auf die Schlachtbank. Und ich hacke Ihnen in den Hals.

SCHAUENDER MÜNDIGER BÜRGER

Nein, umgotteswillen nein, bloß das nicht, bloß, nein ich gehe schon, bloß das werden ja immer mehr, das geht ja immer schneller, sagen Sie, jetzt haben die plötzlich auch Federn, richtige weiße große Vögel, warum machen Sie das, daß Sie die so tot hacken, die Armen, wie das spritzt, und alles voller weißer Federn, alles aufgewirbelt, immer mehr weiße Federn in der Luft, daß Sie das nicht stört, beim Hacken, jessers immer schneller, wie er hackt, immer höher fliegt das Beil, daß Ihnen das nicht auskommt, immer schneller, immer mehr zerhackte Schwäne, Federn, Blut, wie das spritzt, hören Sie, hallo, Sie sind nämlich selber schon ganz rot besudelt, jessers, alles blutbesudelt, blutüberströmt, überall alles voll Blut.

6.
Confiteor

Chor der mündigen Bürger

Weh. Weh. Weh.
Weh uns. Wehe. Weh.
Du böse böse Welt.
Oi Oi Oi Feu Feu.
Ich bin doch bloß der Bürscher.
Du bist so böse böse Welt.
IijOo IijOo IijOo.
Warum. Warum.
Die böse ist so böse.
Oo. Oo.
Ich Bürscher bin so gut.
Isch bin so mündisch.
Feu Feu Weh mir.
Und so menchlich menchlich.
Mündig Bürscher menchlich gut. Gut.
Ja. Ja. Ja. Ja. Ja.
Wehe. Uns. Oo. Weh.
Jo. Oo. Oioi. Feu.
Weh. Weh. Weh.

7.
Auah

Heidegger

Kreuzkruzifix zefix Scheiß Telefonzefix kreuzsakrament
Was
Nein
RSSS ich wie immer logisch was was logisch ich was angehaut habe ich mich mit dem Kopfzefix daß er mir brummt wurscht wurscht was gibt es worum geht es womit kann ich dienen
Was
Was
Was was was was was Quatsch
Quatsch Quatsch Quatsch Quatsch Ruhe Ende Pause Mann

Was
Was
Also jetzt reißt mir hier jetzt reichts mir hier mit Ihren saublöden idiotischen senilen debilen Beschwerden die Geduld und ich darf Ihnen mal was hier erklären in aller in Ihren armseligen Kopf hinein in dem Sie das eh nie begreifen aber mir das wurscht ist Ihnen in aller Ruhe und einfürallemal inallerruhe gesagt. Schnauze Mann Schnauze. Wir wir verstanden wir machen Ihnen ein Angebot ein Angebot verstanden und sonst nichts. Das ist alles. Wir machen Ihnen ein Angebot. Was Sie dann was nichts Schnauze was Sie dann aus diesem Angebot machen in Ihrer berufsständisch verbrieften unergründlichen gottgegebenen Dummheit das ist mir wurscht weil ich das eh nicht ändern kann Ihre berufsnotorische Künstlerflausenidiotie in der Sie nichts verstehen um was es geht weil Sie keine Arbeit kennen in Ihren berufsnotorischen lächerlichen Schals in denen Sie rum laufen um sich mit Ihrem Ihrer ununterbrochenen Idiotie mit Ihrem von mitmenschelnder Diskutiererei komplett verblödeten Idiotensabbereigesabbere vor der Arbeit zu drücken weil Sie keine Arbeit kennen weil Sie keine Arbeit kennen wollen weil Sie berufsnotorische schaltragende Faulpelze und Fettwänste sind weil Sie also von nichts keine Ahnung haben weil Sie keine haben wollen weil Sie keine Wissenschaft kennen weil Sie nichts kennen weil Sie nichts kennen wollen Sie Berufsidiot. So. So schauts aus. Und wir so sind wir wir machen Ihnen ein Angebot, logisch das optimale Angebot, maximal optimal, logisch, weil uns etwas anderes als der Superlativ überhaupt nicht interessiert, also die äußerste Anstrengung, die hermetischste Konzentration, die reine Wissenschaft. Wissenschaft ist unser Angebot. Wie dreckig Sie das dann in Ihren dreckigen Anwendungsdreck ziehen und welcher Dreck genau Ihr spezieller Dummheitsdreck ist der Ihr arbeitsscheues wissenschaftsloses leeres Hirn verstopft undsoweiter undsoweiter. Das ist uns alles wurscht, weil wir für den Schmarren keine Zeit haben, weil wir an der Optimierung arbeiten, unser Angebot vorlegen, alles Wissenschaft. Und Sie können schauen

wo Sie bleiben, mit Ihren traurigen Schals. Guten Tag.
Regisseur.
Pack.
Vertrottelte Idioten.
Pack.

8.

Songs The Lord Told Us

PASSIERENDER MÜNDIGER BÜRGER
Entschuldigung die Störung. Verzeihen Sie. Ich habe gehört, Sie sind ein Neger, sagense mal, stimmt denn das
ANGESPROCHENER MÜNDIGER BÜRGER
Was
Wieso
PASSIERENDER MÜNDIGER BÜRGER
Och. Bloß so. Bloß so ne Frage
ANGESPROCHENER MÜNDIGER BÜRGER
Wissen Sie, ich bin nämlich Jude, deshalb frage ich
PASSIERENDER MÜNDIGER BÜRGER
Auuu.
Ein Jude.
Da kenne ich übrigens einen guten Witz.

9.

wie die Zeit verging

JUNGER UNBEKANNTER SOLDAT
Exekution
Exekution
Exekutionen, eine Exekution nach der anderen Exekution ununterbrochen Exekutionen
Es ist
Ich
WACHE HABENDER UNBEKANNTER SOLDAT
Nun
Was ist

Komm Kleiner, spucks aus. Wo drückt der Schuh.

JUNGER UNBEKANNTER SOLDAT

Ich kann nicht mehr ich mag nicht mehr ich kann es nicht mehr sehen ich kann es nicht mehr tun weil

WACHE HABENDER UNBEKANNTER SOLDAT

Weil was weil was

JUNGER UNBEKANNTER SOLDAT

Weil ich diese Nacken nicht mehr sehen kann. Diese feisten Männerhälse. Diese Bürgerhaaransätze.
Diese widerlichen angstschweißnassen Nacken, in die ich schieße.
Es ist so widerwärtig es ist so ekelhaft es ist nicht die Revolution das kann die Revolution nicht sein die Revolution die die

WACHE HABENDER UNBEKANNTER SOLDAT

Was die
Nichts die
Nachtzweifel Kleiner dummes Zeug
Nicht weinen Kleiner das haben wir alle manchmal hat das jeder nachts in diesen Nächten die Luft diese Wärme das tut den Köpfen nicht gut Kleiner nicht grübeln sollst schlafen und morgen

JUNGER UNBEKANNTER SOLDAT

Was morgen wo ich nicht mehr kann weil ich nicht mehr kann weil ich es nicht mehr ertrage diese Lüge.

WACHE HABENDER UNBEKANNTER SOLDAT

Nichts Lüge Quatsch

JUNGER UNBEKANNTER SOLDAT

Die Augen sind mir egal, wie sie dich anschauen, die Schweine, wie sie winseln, wie die Todesangst sie alle gleich macht in den Augen, egal ob die heulen, oder ob einer den Helden macht, sie schauen dich alle gleich an, alle mit derselben Hoffnung, weil sie es nicht glauben können, daß es aus ist, weil das keiner glauben kann, daran kann man sich gewöhnen, weil man immer neu den Haß kriegt, wenn man den Schweinen ins Gesicht schaut.

WACHE HABENDER UNBEKANNTER SOLDAT

Siehst du Kleiner

Hast doch noch einen klaren Kopf Kopf hoch.

JUNGER UNBEKANNTER SOLDAT

Aber was du nicht vergißt sind diese Nacken wie dich diese Nacken anschauen das vergißt du nicht keinen dieser Nacken kann ich je vergessen in die ich schieße deshalb schieße ich nie mehr da hinein, Nacken, grausig hilflos, tierisches Lebensflehen.

WACHE HABENDER UNBEKANNTER SOLDAT

Schon gut Kleiner nicht weinen
Nu laß mal laß mal
Laß gut sein
Und morgen

JUNGER UNBEKANNTER SOLDAT

Morgen morgen. Nichts morgen kein morgen. Nichts.

10.
Ferne Gespenster

STIMME EINES MÜNDIGEN BÜRGERS

Ein Schuß
Wer hat da geschossen
Ein Schuß ist gefallen

STIMME EINES SOLDATEN

Gehirnerweichung

STIMME EINES ANDEREN MÜNDIGEN BÜRGERS

Wie dunkel es ist es ist ja völlig dunkel hier warum macht denn niemand Licht

STIMME EINES SOLDATEN

Gehirnerweichung Gehirnerweichung

STIMME EINES MÜNDIGEN BÜRGERS

Ein Schuß ist gefallen. Von wo
Wo

STIMME EINES WEITEREN MÜNDIGEN BÜRGERS

Die Luft ist so stickig hier grauenhaft stickige Luft grauenhaft
Grauenhaft

Stimme eines Soldaten
  Gehirnerweichung Gehirnerweichung Gehirnerweichung
Stimme eines anderen mündigen Bürgers
  Wer hat das Fenster geöffnet, es zieht
  Eine seltsame Luft, hitzig, kühl, ein Unwetter, ein Sturm
Stimme eines Soldaten
  Gehirnerweichung endemisch endemische Gehirnerweichung
Stimme eines noch anderen mündigen Bürgers
  Ich kann mich nicht erinnern
  Ich kann mich an nichts erinnern
  Ich kann mich wirklich an nichts erinnern
  Beim besten Willen tatsächlich wirklich nichts
Stimme eines mündigen Bürgers
  Merkwürdig
Stimme eines anderen mündigen Bürgers
  Seltsam
Stimme eines weiteren mündigen Bürgers
  Grauenhaft
Stimme eines Soldaten
  Gehirnerweichung einer ganzen Klasse
  Gestank in ihren Salons
  Dekadenz Dekadenz
  Tod den Herren
  Nieder mit
Stimme eines noch anderen mündigen Bürgers
  Äther Äther. Ja Äther
  Und wieder steh ich verzaubert vor dir.
  Ich erinnere mich dunkel.

11.

Und blutig, bleich und blaß

Älterer mündiger Bürger
  Schauen Sie, es ist doch so
  Warum wozu fragt man sich dauernd, warum, fragt man, wozu, dauernd passiert irgendwas, man fragt sich, warum, da passiert

schon wieder was, was anderes, was neues, dann sitzt man da, oder man geht rum, oder der Hund muß plötzlich raus, oder man wacht auf mitten in der Nacht, und man fragt sich, wozu das alles, warum, oder beim Fernsehn, wenn man so sitzt, oder in einer Wirtschaft, plötzlich fällt es einem ein, dann vergißt man es, weil schon wieder irgendwas passiert, aber warum passiert das, wozu, das ist die Frage. Das ist für mich das Leben. Verstehen Sie was ich meine, praktisch, nur für mich persönlich, wenn Sie verstehen was ich meine. Aber was ich sagen will, schauen Sie, es ist doch so. Letztlich, man wurschtelt sich durch, und erst im nachhinein weiß man, wozu, da ist es plötzlich klar, da nützt es zwar nichts mehr, weil man es eh nicht ändern kann, aber es nützt was, weil man es versteht, wenn Sie wissen was ich meine, weil es dadurch doch was nützt, das ist das Gute. Dann wird der Hund krank, zum Beispiel, wie bei mir neulich, oder man hat Beschwerden, das Kreuz tut weh, oder die Hüfte, oder man ist dauernd schwindelig, oder man ist plötzlich dauernd so müde, schon am Vormittag, und am Nachmittag eh, und man sitzt da, und fragt sich, warum, wozu, und dann denkt man sich, es ist wurscht, weil zu irgendwas wird es schon sein, für irgendwas, daß es dann gut ist im nachhinein. Dann fällt einem irgendwas ein, von früher, dann geht es gleich besser, weil man an etwas anderes denkt, was gut ist. Dann passiert wieder irgendwas neues, es passieren ja auch schöne Sachen, dann freut man sich. Blöd ist, wenn man dauernd nicht schlafen kann, bei dem Wetter, das Wetter ist schon komisch zur Zeit, das haben sie auch in der Zeitung gemeldet, daß viele Schlafstörungen haben zur Zeit, vorallem Senioren, Senioren, da lache ich immer, weil das so ein Schmarren ist, aber so lustig, wie sie sich mühen, daß sie sich ausdrücken, für was ganz normales, also in dem Fall, alte Leut. Neulich bin ich aber zum Beispiel mitten am Nachmittag auf so einer Parkbank im Englischen Garten eingeschlafen, wie so ein Penner, dann bin ich plötzlich aufgewacht, das war mir dann aber peinlich, weil ich mich geniert habe, im nachhinein, da war ich dann traurig. Das passiert auch.

12.
Noch beschwingter

STAMMHEIMER
Aber das Argument

STOCKHAUSEN
Man predigt hin an die jungen Leute

STAMMHEIMER
Wie lautet das Argument, A
B, Wie setzt man es durch
Sonst nichts

STOCKHAUSEN
Umsonst. Man predigt, umsonst, sie machen was sie wollen
Ich predige Bier

STAMMHEIMER
Die Scheiße ist, daß das Argument wurscht ist, wenn das Argument kein Gewehr ist, ist es immer wurscht, das ist die Scheiße, vor allem schon seit Jahrhunderten. Frank, Frank zwei Bier, und eine Runde für den Rest

STOCKHAUSEN
Ich predige Bier, was nicht ausstirbt, ist das Haschisch, noch weniger das komplett verblödende Kokain, ich predige Heroin, wenn es schon sein muß, Heroin, aber sie ruinieren sich lieber, und meinen sie ruinieren sich nicht, mit ihrem fürchterlichen Kokain ruinieren sie sich ihre dumpfen Hirne, mit ihrem dumpfen Haschisch. Da kann man hin predigen, das ist immer umsonst, der junge Mensch hört nicht, was der ältere ihm sagt, er ruiniert sich immer auf eigene Faust.

STAMMHEIMER
Darauf trinken wir einen Mann

STOCKHAUSEN
Richtig, darauf trinken wir einen, Prost

STAMMHEIMER
Ach, Harald

STOCKHAUSEN
Mensch, Bubi

Stammheimer Und Stockhausen
Sprechen wir nicht über Helga
Stockhausen
Hoch die Tassen, Männer, Prost
Stammheimer
Du hast doch gerade was von Argument gesagt
Stockhausen
Nein du, du hast Argument gesagt
Stammheimer
Ich
Argument, nein, du
Stockhausen
Ich habe gesagt, ich predige, auch wenn ich umsonst predige, predige ich Bier
Stammheimer
Dummes Gerede
Stockhausen
Darauf trinken wir einen, Prost, Mensch Bubi
Stammheimer
Ja ja ja ja ja ja ja
Das ist was das ist was
Stockhausen
Was ist was
Stammheimer
Ja ja ja
Stockhausen
Prost Mann
Stammheimer
Prost Mann
Mannomann, habe ich heute einen Durst gehabt
Stockhausen
Ich auch
Stammheimer
Ich auch, ich erst. Aber jetzt geht es schon wieder so langsam
Stockhausen
Genau, das ist das gute, Prost

Stammheimer
Genau, todesfit bedient, Prost, Frank zwei Bier
Stockhausen
Ich bin noch gar nicht fit, ich habe noch was, Prost
Stammheimer
Ich auch, aber daß es keine Unterbrechung gibt, sonst komme ich aus dem Zug, hau weg die Scheiße, Prost Werner, pump ab
Stockhausen
Werner pumpt ab. Hau weg die Scheiße, Prost, Prost Werner
Stammheimer
Prost Werner
Ach, Harald
Stockhausen
Mensch, Bubi
Stammheimer
Sprechen wir über die guten alten Zeiten.
Stockhausen
Sprechen wir über die guten alten Zeiten.
Stammheimer
Hoch die Tassen, Männer
Hoch die Internationale Solidarität.
Stockhausen
Hoch die hoch die nieder mit nieder mit
Prost ihr Säcke
Stammheimer
Prost ihr Ärsche
Stockhausen
Prost
Stammheimer
Prost
Stockhausen
Prost
Stammheimer
Ach, Harald
Stockhausen
Mensch, Bubi

Stammheimer
Ja ja ja
Stockhausen
Das tut gut
Stammheimer
Das kann man wohl sagen
Stockhausen
So ein Schluck Bier ist nie falsch
Stammheimer
Bier ist nie falsch
Stockhausen
Darauf trinken wir einen
Stammheimer
Prost, Prost Männer
Stockhausen
Prost
Bier kann man immer wieder trinken
Stammheimer
Das ist das gute am Bier
Stockhausen
Bier bleibt Bier
Stammheimer
Genau und Bonn ist nicht Weimar
Stockhausen
Und Bier bleibt Bier
Stammheimer
Das ist das gute
Stockhausen
Bier kann man immer wieder trinken
Stammheimer
Genau, hau weg die Scheiße, Werner pump ab, zwei Bier
Stockhausen
Frank zwei Bier, Prost ihr Säcke
Stammheimer
Prost Prost Prost, Prost Werner, ach Harald

Stockhausen
Mensch, Bubi
Stammheimer
Reden
Stockhausen Und Stammheimer
Wir nicht über Helga
Stammheimer
Reden wir über die guten alten Zeiten.
Stockhausen
Reden wir nicht über Helga
Stammheimer
Kein Wort über Helga
Ach, Harald
Reden wir über die guten alten Zeiten.
Reden wir nicht über Helga
Ach, Harald
Prost
Stockhausen
Mensch, Bubi
Prost
Stammheimer
Darauf trinken wir einen

13.
Hanna Hanna Hanna

Weiblicher Mündiger Bürger
Also ich.
Ich als Frau.
Äh.
Äh.

14.
Fun In Acapulco

Unbekannter Soldat
Bums

Mündiger Bürger
Schieß doch, du Schwein
Anderer Unbekannter Soldat
Piff
Paff
Mündiger Bürger
Uaaaaaa
Unbekannter Soldat
Schon wieder zwei
Anderer Unbekannter Soldat
Daß die immer so schreien müssen
Unbekannter Soldat
Manche grunzen bloß
Anderer Unbekannter Soldat
Hosenscheißer.

15.
Gebt mir Frieden
Schwermütige Gedanken

Eleganter Mündiger Bürger
Nie wieder
Wohlriechender Mündiger Bürger
Im Grunde eine Unverschämtheit
Eleganter Mündiger Bürger
Aber es ist immer dasselbe, bloß daß man es immer wieder vergißt, alle zwei Jahre geht man mal in eines dieser Stücke, wo man was gehört hat, ich bin ja bloß froh, daß ich das Abonnement nicht mehr habe, und alle zwei Jahre sage ich mir, nie wieder, schon nach zehn Minuten
Wohlriechender Mündiger Bürger
Von meinen Steuergeldern, letztlich, machen die da auf meine Kosten ihren überspannten privaten Psychokram, praktisch ist man selbst der, der denen ihre Analyse zahlt, mit der sie einen dann obendrein noch traktieren dürfen, sagenhaft wirklich saagenhaft

Eleganter Mündiger Bürger

Daß ich das zahle, das wäre mir egal, meingott was zahlt man nicht alles mit seinen Steuergeldern, da gibt es schlimmeres, nein, das ist mir egal, aber meine Zeit ist mir nicht egal, daß man einen Abend da sitzt und sich zutode langweilt, so habe ich meine Zeit nicht gestohlen, daß es mir egal wäre, wenn mir glatt ein ganzer Abend drauf geht, vor lauter Langeweile, und weißt du warum, woher das alles kommt

Wohlriechender Mündiger Bürger

Letztlich weil sie nichts im Kopf haben als ihre Flausen, ihren privaten Psychokram

Eleganter Mündiger Bürger

Nein, naja auch, gut, ja. Aber vor allem weil die Zuschauer ihnen gleichgültig sind, das ist die Frechheit, die hassen die ja wahrscheinlich, die meisten von diesen Theaterleuten, zumindest daß sie sie verachten, vor allem wahrscheinlich die Regisseure, die denken an alles, bloß nicht ob du als Zuschauer, an dich denken die nicht, mehr noch wahrscheinlich die Dramaturgen, wenn ich mir diese Programmhefte immer so anschaue, diesen ganzen kryptischen, trockenen, schweigsamen Anspielungsquatsch, die vollkommene Userfeindlichkeit, das ganze Theater eine einzige Userfeindlichkeit, von vorneherein gegen den Anwender konzipiert, gegen ihn, das ist die Verrücktheit, das muß man sich mal in der freien Wirtschaft vorstellen, diese Userfeindlichkeit als Prinzip, und was kommt raus, unterm Strich

Wohlriechender Mündiger Bürger

Genau, das ist die Unverschämtheit

Eleganter Mündiger Bürger

Ich meine, ich ärgere mich ja schon gar nicht mehr darüber, man geht halt nicht mehr hin, aber wenn man direkt raus kommt, und wovon soll das überhaupt gehandelt haben jetzt, das Ganze, als Ganzes, das weiß kein Mensch, ein Witz, alles ein Witz, wenn es nicht so traurig wäre

Wohlriechender Mündiger Bürger

Traurig, was heißt traurig

Unverschämtheit, Idiotie

ELEGANTER MÜNDIGER BÜRGER

Nein, es stimmt schon, was du sagst, Psychokram, jetzt weiß ich es, steht allerdings erst an vierter Stelle, Psychologistik, viertens, erstens, meine Fehlerliste jetzt, also was die gut finden, auf was die achten, erstens Zuschauerverachtung

WOHLRIECHENDER MÜNDIGER BÜRGER

Unverschämtheit

ELEGANTER MÜNDIGER BÜRGER

Zweitens Bilder, schöne Bilder, Optikfirlefanz, drittens Schweigen, Langsamkeit und Schweigen, anstatt Reden und Tempo, was normal ist für jeden, und viertens Psychologistik, als hätten wir heute genau neunzehnhundertundvier, das verstehe ich am wenigsten, das versteht wirklich kein Mensch

WOHLRIECHENDER MÜNDIGER BÜRGER

Nein, wirklich, genau

Und wo gehen wir jetzt hin zum Essen

ELEGANTER MÜNDIGER BÜRGER

Genau, wohin

Kein Denken, keine Wissenschaft, kein Programm, was normal ist, kennen die nicht, was egal ist, aber traurig ist es schon, aber was mir aber egal sein soll

Aber wohin wir jetzt gehen, das ist die Frage.

16.

Wissenschaft, Wissenschaft, alles Wissenschaft

TORKELNDER SINGENDER MÜNDIGER BÜRGER

Ahuuaaaa Auauaua aaaaa uuuuu diiiuahm
Daahuhuhahu ooooo düüdidihi dermooomhmm
Diduda ahuui Uuii Ui Ui Ahiidu Heieieih
Wiadamoondammia miaaah damooondaamooomh
Schaschaschaaaaaschischi schischischaha
Ribudaah Uhi uiui hi hi aha du hi ii ih
Waluhu hado oho o wiidü hü i dmmm ohomd
Uuah aauu dauauuaa diamhduhu hu di huhmmmmmmmm

Angerempelter Mündiger Bürger
Schon wieder so ein Neger.

17.
wahrlich wahrlich

Soldat
Dreck
Soldaten
Dreck
Soldat
Dreck Dreck Dreck alles Dreck
Soldaten
Dreck Dreck Dreck Dreck Dreck
Soldat
Erschießen
Soldaten
Erschießen alles erschießen
Soldat
Erschießen erschießen erschießen
Soldaten
Zerschlagen zerschlagen zerschlagen zerschlagen
Soldat
Zerschlagen erschießen zertreten
Soldaten
Zertreten zertreten zertreten
Soldat
Zerstören zerstören
Soldaten
Alles zerstören
Soldat
Vernichten
Soldaten
Alles
Soldat
Vernichten

SOLDATEN
Vernichten
SOLDAT
Vernichten
SOLDATEN
Vernichten
SOLDAT
Es ist die Pflicht
SOLDATEN
Es ist die Pflicht
SOLDAT
Des Revolutionärs
SOLDATEN
Des Revolutionärs die Revolution
SOLDAT
Die Revolution
SOLDATEN
Die Revolution
SOLDAT
Die Revolution deutlich
SOLDATEN
Deutlich
SOLDAT
Zu machen
SOLDATEN
Machen
SOLDAT
Jubel
SOLDATEN
Jubel
SOLDAT
Vernichten vernichten vernichten
SOLDATEN
Vernichten vernichten vernichten vernichten
SOLDAT
Vernichten

18.

Endlich Wieder Miteinander Sprechen

SITZENDER MÜNDIGER BÜRGER
Inzwischen sind vielleicht vollendete Tatsachen passiert.

GEGENÜBER SITZENDER MÜNDIGER BÜRGER
Wir sind noch längst keine Spitzenmannschaft, unser Motto heißt kämpfen und rennen.

DANEBEN SITZENDER MÜNDIGER BÜRGER
Was haben Sie denn da angerichtet, sage ich zu ihm, mit Ihrem Anruf, was haben Sie da angerichtet.

AUCH DA SITZENDER MÜNDIGER BÜRGER
Beruflich
Also beruflich bin ich viel in der Gastronomie tätig, Geschäftsführung. Manchmal mache ich diesen hier
Kellnerin

WEITERER SITZENDER MÜNDIGER BÜRGER
Wir lesen ja die Zeitung nicht mehr, weil eh nichts drin steht.

VERHUSCHT DA SITZENDER MÜNDIGER BÜRGER
Man versteht kaum sein eigenes Wort.

AUCH TRÜBE DA SITZENDER MÜNDIGER BÜRGER
Dauernd werden jetzt welche erschossen, hört man, heißt es, nachts, aber man weiß es nicht, was man davon halten soll, weiß man nicht.

ANDERER SITZENDER MÜNDIGER BÜRGER
Ich bin ja selber Bierfahrer hohoho
Selber
Ho ho ho
Mir braucht keiner was zum erzählen.

DANEBEN SITZENDER MÜNDIGER BÜRGER
Man strampelt sich ab für wen, und ist für den praktisch Luft.

WEITERER SITZENDER MÜNDIGER BÜRGER
Ich habe mal wo gewohnt, da hat gegenüber einer gewohnt, ein Spinner, der hat nachts immer aus einem dunklen Fenster mit der Taschenlampe raus geblinkt, oder sich selbst angeblinkt, von unten, als nackte aufgehängte leidende Christusgestalt, in der Tiefe eines dunklen Zimmers, erst hat er paar mal raus

geblinkt, dann hat er sich selber angeblinkt, aber immer ganz kurz, daß man nicht gewußt hat, am Anfang habe ich gedacht, Einbildung, ich spinne, dann war klar, da wohnt einer, der spinnt, dann war es mir egal, aber gruselig trotzdem, bin zumbeispiel erschrocken. Dann ist er scheints ausgezogen, irgendwann, weil plötzlich war es nie mehr.

Sitzender Mündiger Bürger

Die Franzosen nennen ihn zärtlich
Die Tod

Daneben Sitzender Mündiger Bürger

Man könnte auch mal die Worte Ich Liebe Dich auf allerlei Weise wiederholen, bis man erschöpft umfällt.

Gegenüber Sitzender Mündiger Bürger

Diskretion
Disziplin
Distanz
Ausgestorbene Tugenden, betrüblicherweise, leider leider leider ausgestorben. Äußerste Rücksichtslosigkeit resultiert, Rücksichtslosigkeit die einzige Rettung.

Auch Trübe Da Sitzender Mündiger Bürger

Jahrelang hat er unter einem Vorwand meinen Kot kontrolliert, ich habe mich zutode geniert, ich war ja noch klein, aber trotzdem, daran erinnere ich mich, so etwas vergißt man nie.

Verhuscht Da Sitzender Mündiger Bürger

Man redet mehr so vor sich hin, halt was man halt so redet.

Auch Da Sitzender Mündiger Bürger

Noch ein Bier, habe ich gesagt, und schon ist es da gestanden. So war ich.

Anderer Sitzender Mündiger Bürger

Nein, mir lassen uns nicht lumpen, lumpen lassen mir uns nicht, mir nicht.

Sitzender Mündiger Bürger

Man kann nie wissen. Plötzlich sind vollendete Tatsachen passiert.

19.
In hora mortis

STIMME DES CHORES DER JUNGEN HÜBSCHEN MÄDCHEN
Das ist mein Leib
Das ist mein Leib
Das ist mein Leib
STIMME DES WEISEN MURMELNDEN MÜNDIGEN BÜRGERS
Es gibt keinen Trost
STIMME DES CHORES DER JUNGEN HÜBSCHEN MÄDCHEN
Miserere nobis
Miserere nobis
Dona nobis pacem
STIMME DES WEISEN MURMELNDEN MÜNDIGEN BÜRGERS
Niemand hilft
STIMME DES CHORES DER JUNGEN HÜBSCHEN MÄDCHEN
Sieh, nichts nützt nichts, Würger
Der du dich einschreibst in meine Haut
Aber sprich nur ein Wort
STIMME DES WEISEN MURMELNDEN MÜNDIGEN BÜRGERS
Schweigendes All
STIMME DES CHORES DER JUNGEN HÜBSCHEN MÄDCHEN
Aber sprich nur ein Wort
Aber sprich nur ein Wort
STIMME DES WEISEN MURMELNDEN MÜNDIGEN BÜRGERS
Schweigend alles
STIMME DES CHORES DER JUNGEN HÜBSCHEN MÄDCHEN
Aber sprich nur ein Wort
STIMME DES WEISEN MURMELNDEN MÜNDIGEN BÜRGERS
Schweigen
STIMME DES CHORES DER JUNGEN HÜBSCHEN MÄDCHEN
Aber sprich nur ein Wort und
Und meine
STIMME DES WEISEN MURMELNDEN MÜNDIGEN BÜRGERS
Schweigen
Niemand hilft
Es gibt keinen Trost.

Es gibt keinen
Trost.

20.

Hieronymus im Gehäus

LICHTHUNGRIGER MÜNDIGER BÜRGER

Es flimmert mir wirr vor den Augen, die Worte, sie tanzen so krank im Papier.
He, Kopf, müh dich, ermüdeter.
Die Stunden der Nacht sind schon versunken, wohin, die Zeit, die Stille, das Dunkel, der Raum. Das muß das Buch der Welt sein, das ich lese, entflammt, das Buch der Revolution.
Ich wäge, ich denke, ich bin nicht dumm. Höllische Greuel, die ich begeistert betrachte, im Namen des Fortschritts, Gemetzel, Schlachten, Ströme von Blut, die die Erde färben wie Stoff, scharlachrot. Vernichtet gemeinsam den Klerus, den Unterdrücker der freien Gedanken, die Aristokraten, die blutsaugenden Schmarotzer, gemeinsam haben wir sie an die Laternen gehenkt, wir, das Volk, wir, Führer der Revolution. Wir haben unsere Hände in den mit zahllosen Köpfen zu unrecht Guillotinierter gefüllten Kopfkörben der Guillotinen furchtbar mit Blut und Schuld besudelt, zu recht und nicht umsonst. Die Sache der Freiheit betreibt sich nicht selbst, ohne Täter, ohne Tugend, ohne Moral, die es auf sich nimmt, der Schrecken zu sein und grausam. Handeln ist Schuld. Nichtschuldigwerden aber ist die größte Schuld am Leben, das Leben aber ist nicht nicht das Leben, wir sind nicht alle lebendig begraben, Lügner heißt und Lebenshasser und Verräter, wer sich schmückt mit dem Lügensatz, das Leben lebe nicht, denn das Leben lebt. Das ist die Wahrheit. Schuld ist der Tod, der frühe Tod die größte Schuld, noch größere freiwillige Empfindsamkeit und Barmherzigkeit, noch größere Schlaf, noch größere Warten, allerböseste Schuld nichtstuend nichts tun. Der Wille des Volkes ist gut und Vernichtung der Herrschaft, der Wille des Volkes ist Gesetz, Gesetz ist Revolution. Es lebt die Geschichte, die Tat,

das Leben, die Revolution. So sprach das schöne, große, gute Buch der Welt. Was aber tue ich, ich nur das Studium Studierender, kein Tuen Tuender, kein Leben Lebender, das Denken Denkender.

Ich über die geliebten Bücher gebückt Sitzender, o ich armseliger Nächtling, ich traurige Lachfigur, Gebrüll vor mich hin Flüsternder. Horch, es schlägt schon wieder die Stunde, auch die heutige Nacht verflog, wie ungezählte davor, sinnelos sinnend, Arbeit am Echo vom Echo der Welt, wem zum Nutzen, welcher Wahrheit. Nun bin ich matt und traurig und dumm, der Alleswissenwoller der Nichtswisser. Doch es muß wohl bald Tag sein, Tag, nicht wahr, komm und bring Licht.

21.

Jenseitige Opulenz

KNIENDER MÜNDIGER BÜRGER
Schieß doch du Schwein
Das kannst du nicht tun
BIS AN DIE ZÄHNE BEWAFFNETER SOLDAT
Ich kann
KNIENDER MÜNDIGER BÜRGER
Du Schw
BIS AN DIE ZÄHNE BEWAFFNETER SOLDAT
Rrrrrumps
KNIENDER MÜNDIGER BÜRGER
Uuah
BIS AN DIE ZÄHNE BEWAFFNETER SOLDAT
Wie die immer aufschlagen mit ihrem Gesicht
Rumps Rumps Rumps Rumps Rumps
Wie man die tanzen lassen kann die Leiber
die toten mit jedem Schuß
Rumps Rumps Rumps
Geil schaut das aus
Schön.

22.

Deine Worte durchirren meinen Geist

SCHÖNÄUGIGER MÜNDIGER BÜRGER

Um dies zu wiederholen.

Die Problematik der Ateliertür hat nichts mit irgendwas zu tun, sondern in erster Linie mit der Ateliertüre. Letztendlich damit, daß das Atelier zu klein ist, und auch immer zu klein bleiben wird. Und der Maler hat auch die Aufgabe, dafür zu sorgen, daß das Atelier immer zu klein ist, denn nur aus dieser Position heraus kann er sich Raum schaffen, in den Bildern.

23.

soll mir die Kehle verbrennen

STAMMHEIMER

Durst

STOCKHAUSEN

Durst

STAMMHEIMER

Durst Durst Durst
Nichts als Durst

STOCKHAUSEN

Nichts als Durst Durst Durst
Durst

STAMMHEIMER

Wo bleibt eigentlich Olli

STOCKHAUSEN

Olli, der Penner, wo bleibt Olli
Wieviel Uhr

STAMMHEIMER

Wahrscheinlich etwa fünf nach

STOCKHAUSEN

Nach was

STAMMHEIMER

Das wenn man wüßt

STOCKHAUSEN
Olli
STAMMHEIMER
Olli

24.
Olli, nochmal Telefon

HEIDEGGER
Schon wieder Telefon
Scheißtelefon
Das sind ja doch wieder nur die Alkoholiker
Die sollen mich am Arsch lecken
Ruhe
Da hat keiner was davon, von denen ihrem Suff
Ich mache lieber hier Bilanz
Da haben alle was davon.

25.
Geheimnisse des Lebens

SINNENDER SOLDAT
Killing is no murder, lehrt die Geschichte über das Attentat, und so sind wir nicht gegen politischen Mord, aber als revolutionäre Taktik sind individuelle Attentate unzweckmäßig und schädlich. Nur die Massenbewegung kann als wirklicher politischer Kampf angesehen werden. Und nur in direktem unmittelbarem Zusammenhang mit der Massenbewegung kann auch individuelles terroristisches Handeln von Nutzen sein. Die Terroristen, lehrt die Geschichte, haben so lange mehrere, von uns bekämpfte, individuelle Attentate verübt, bis es endlich zur Massenbewegung, zum Aufstand kam, und als es nun galt, der Masse bei der Gewaltanwendung zu helfen, waren die Terroristen abwesend. Das ist der Fehler der Terroristen.

26.
We Are The Sisters Of Scargill

CHOR DER SCHWER BEWAFFNETEN SOLDATEN

Dem Freund des Volkes
Hoch
Ein Hoch dem Freund des Volkes
Hoch
Dem Krieger
Hoch
Dem Held der Arbeit
Hoch
Dem Held des Volkes
Hoch
Ein Nieder auf den Feind
Ein Nieder auf den Solipsismus
Ein Nieder auf die Dekadenz
Ein Nieder auf die Apathie
Ein Hoch dem Krieger
Hoch
Ein Hoch dem Held der Arbeit
Ein Hoch dem Held des Volkes
Hoch

27.
And We Bring You

ZARTE NÄCHTLICHE LUFT WITTERNDER MÜNDIGER BÜRGER

Es windet
Es windet seltsam
Ein Wetter kommt, es kommt wohl ein Wetter auf
Es riecht, ich rieche Teer, Asphalt, den warmen Stein der Mauern
Nun haben eilig ziehende Wolken die Sterne verhüllt, und der Wind fährt tief daher, in Böen, heftig.
Jetzt ein Schauer von warmen dicken gütigen Tropfen, kurzes Geprassel dem Wetterfühligen ins Gesicht

Dann schleiert sanft ein matter Regenschleier nieder. Schon ist das Wetter wieder fort.

26.
Noch langsamer

Stockhausen
Und Olli
Stammheimer
Olli
Stockhausen
Ja Olli
Stammheimer
Mein Gott Olli
Stockhausen
Der Arme
Stammheimer
Zeitvergleich
Stockhausen
Fünf nach
Stammheimer
Logisch, fünf nach
Stockhausen
Wird langsam Zeit
Stammheimer
Stimmt, ist Zeit
Stockhausen
Zwei Bier
Stammheimer
Richtig, zwei Bier
Stockhausen
Prost
Stammheimer
Prost
Stockhausen
Prost

Stammheimer
Hoch die
Stockhausen
Hoch die
Stammheimer
Prost
Stockhausen
Prost
Stammheimer
Ach Harald
Stockhausen
Ach Harald Mensch Bubi
Stammheimer
Mensch Bubi
Stockhausen
Mensch Bubi
Stammheimer
Sprechen wir
Stockhausen
Sprechen wir
Stammheimer
Sprechen wir nicht
Stockhausen
Sprechen wir
Stammheimer
Darauf trinken wir
Stockhausen
Trinken wir einen
Stammheimer
Prost Mensch
Stockhausen
Mensch Bubi Prost
Stammheimer
Mensch Bubi
Stockhausen
Prost

STAMMHEIMER
Prost

27.
Ansprache an die Hirnlosen

KRITISCHER MÜNDIGER BÜRGER
Ein kalter Wind, wenn ich das mal so sagen darf, weht durch Deutschland, nicht wahr, nicht, hier in dieser Republik, und ich muß sagen, irgendwie bedrückt mich diese Kälte, diese Lebensfeindlichkeit, an jeder Ecke, nicht wahr, kannst du das sehen, diese ganzen Repressionen, diese Maßnahmen, das ist ja oft kaum sichtbar, das war ja vorher alles auch schon da, mehr latent halt irgendwie, nicht, aber jetzt, seit der Wende, seit dreiundachtzig, ich sag ja immer dreiunddreißig anstatt dreiundachtzig, seit dreiunddreißig also, nicht, schon klar, man muß ja nicht zu direkt werden, man muß ja schon wieder vorsichtig sein fast, nicht, also als Lehrer zum Beispiel, wie ich, als engagierter Lehrer, kritisch eingestellt, das ist dann natürlich auch nicht unbekannt, bei der Leitung, beim Chef, ich meine, man macht natürlich auch kein Geheimnis daraus, das wäre ja dann wirklich, das wäre ja noch schöner, nicht, nein, so ist das nun noch nicht, so weit, und nicht zuletzt ist man schließlich auch fachlich qualifiziert, und nicht gerade schlechter als mancher Kollege, nicht, Bindungen gibt es natürlich auch, auch mit Älteren, die praktisch aus dem anderen Lager kommen, politisch gesehen, aber nach, mein Gott wie lange bin ich jetzt hier, dreiundsiebzig, zehn elf zwölf Jahre sind das jetzt, in einer solchen Zeit entwickeln sich natürlich auch menschliche Kontakte, daß man sich irgendwie respektiert, gegenseitig, auch solche die man anfangs, wo man gesagt hat, das ist der absolute Feind, so rigoros wie wir damals von der Uni kamen, nicht, also Revolution ante portas hat damals schon niemand mehr geglaubt, aber man war doch, also ich war schon noch sehr extrem eingestellt, in dem Sinn, daß man also alles wußte, abgeleitet, es gibt kein wahres Leben im falschen und so, und das

war ja auch richtig, damals, als Haltung, diese, diese, naja so kompromißlos war man auch nicht, aber im Vergleich zu heute, diese Sturheit, da ist man schon etwas klüger heute, einfach offener, was ich schon als Gewinn sehe, heute, eben ein Prozeß, daß man sich weiterentwickelt hat, Erfahrungen gemacht hat, auch eine Betroffenheit, eine Verletzbarkeit und Erschütterbarkeit, was letztlich alles Politik ist, im weitesten Sinn, auch daß man eine Verantwortung hat, eben für die Zukunft, nicht, für das Wäldersterben, die Gewässer, Nahrungsmittelgifte, wir haben die Erde nur von unseren Kindern geborgt, was ja stimmt, dieser Spruch, global gesehen, dieser ganze Rüstungswahnsinn, der Wachstumswahnsinn, der Fortschrittswahnsinn, was man damals nicht gesehen hat alles, und das ist für mich schon eine Entwicklung gewesen, die mir wichtig ist, in den letzten Jahren, was nicht heißt, daß man nicht mehr den alten Idealismus, mit dem ich damals zum Beispiel angefangen habe, eben nur, daß man das alles realistischer sieht, auch globaler, auch diese Kälte, was ich da meine, das ist ja auch praktisch weltweit, USA, England, nicht nur in dieser Republik, was ich schon unheimlich finde, und bedrückend und was mir auch Angst macht irgendwie

28.

Who's Been Sleeping In My Brain

STIMME DES CHORES DER SCHWER BEWAFFNETEN SOLDATEN

Wir glauben an die bewaffnete Revolution
Wir glauben an die bewaffnete Revolution
Eine permanente Revolution
Und die Schaffung
So vieler Vietnams
Wie erforderlich
Um den US-Rassismus
Und Imperialismus
Überall in der Welt zu besiegen
Überall in der Welt zu besiegen

Politische Macht
Politische Macht
Kommt aus dem Lauf
Kommt aus dem Lauf
Der Gewehre
Der Gewehre.

29.
Pax tecum

CHOR DER MÜNDIGEN BÜRGER
O
Je
O
Je
O
Je
Weh

30.
Variation vier

BESONDERS MÜNDIGER BÜRGER
Für Frieden in Freiheit
TERMINATORMÄSSIGER SOLDAT
Rumps
ZWEITER BESONDERS MÜNDIGER BÜRGER
Im Namen der Demokratie
TERMINATORMÄSSIGER SOLDAT
Rumps
DRITTER BESONDERS MÜNDIGER BÜRGER
Es lebe das Recht
TERMINATORMÄSSIGER SOLDAT
Rumps
STIMME DES CHORES DER JUNGEN HÜBSCHEN MÄDCHEN
Er kommt aus der Geschichte

Und er hat einen Auftrag
In der Gegenwart
Er sieht aus wie ein Mensch
Aber er ist eine Killermaschine
Der Terminator
Er ist unzerstörbar.

31.
Et Spiritus Sanctus

CHOR DER JUNGEN HÜBSCHEN MÄDCHEN
Jetzt Jetzt Jetzt
Jetzt Jetzt Jetzt
Jetzt Jetzt Jetzt
Jetzt ihr lieben Freunde
Jetzt Soldaten Helden Volk
Jetzt o hoch verehrte Hiersitzer
Jetzt ist Anfang und Beginn
Jetzt ist Anfang und Beginn
Jetzt ist Anfang und Beginn
Der Morgen graut der neue Tag
Muß wohl entwirren was die Nacht
Fein angetrunken munter und zerstreut
Erlebte hörte roch und sah
Der Tag bricht an
Jetzt Freunde
Jetzt ist Anfang
Jetzt Beginn

32.
The Jesus And Mary Chain

MUSIK
erklingt, die alte Titelmelodie der Samstagabendsportschau

33.
Amen

II. Büro, Büro
Der Materialistische Ritus

1.
Gliedern

STAMMHEIMER
Abhaltungen
Was

VERANTWORTLICHER ANGESTELLTER MÜNDIGER BÜRGER
Zigarette
Daß Sie nun da sind, außer Atem, wie. Zigarette

STAMMHEIMER
Immer
Nichts als Abhaltungen

VERANTWORTLICHER ANGESTELLTER MÜNDIGER BÜRGER
Sie sind in Eile
Tee

STAMMHEIMER
Was. Quatsch. Was. Wissen Sie was, was die Folter ist

VERANTWORTLICHER ANGESTELLTER MÜNDIGER BÜRGER
Darf ich Ihnen eine Tasse Tee anbieten
Zum Verschnaufen

STAMMHEIMER
Tee, nein, was, wieso. Lieber Kaffee, und ein Wasser. Die Zeit die sich die Leute nehmen, die sie gar nicht haben, das ist die Folter, Abhaltungen, Schweißausbruch

VERANTWORTLICHER ANGESTELLTER MÜNDIGER BÜRGER
Hanna, wenn Sie so nett sind, wir brauchen eine Tasse Kaffee und einen Tee, bitte

STAMMHEIMER
Ein Kännchen
Hanna, wenn ich das schon höre

VERANTWORTLICHER ANGESTELLTER MÜNDIGER BÜRGER
Ein Kännchen Kaffee bitte, Hanna, Kaffee ein Kännchen,

danke
So, denn, ja dann wollen wir wohl mal
Haben Sie sich einigermaßen verschnauft, der Kaffee kommt gleich, Aschenbecher hier bitteschön

Stammheimer

Wollen will ich durchaus nicht, aber leider müssen wir. Es sind ja die fürchterlichsten Lügen verbreitet worden. Das Hauptproblem jedoch ist, daß wir überhaupt kein Problem haben, im Gegenteil, die Probleme gültig gelöst haben, fertig

Verantwortlicher Angestellter Mündiger Bürger

Genau das ist das Problem

Stammheimer

Und alles andere ist Ihr Problem, was nicht unser Problem ist, unser Problem ist die gültig gelöste Lösung der Probleme, die zeigt, daß sie nichts ist, so das Problem erst aufwirft, als Nichts, also Dreck, im Sinn der reinen Wissenschaft

Verantwortlicher Angestellter Mündiger Bürger

Selbstverständlich, ganz richtig, genau, unsererseits andererseits, ich habe das gestern bereits mit Ihrem Herrn Heidegger telefonisch

Stammheimer

Weiß ich weiß ich

Verantwortlicher Angestellter Mündiger Bürger

Telefonisch also besprochen, daß wir uns ja auch also letztendlich fragen müssen, was ist machbar, was wir uns weil das für uns keine Frage ist nicht fragen weil machbar ist alles, nicht wahr, wie wir ja immer sagen, ha ha, unsere Frage also letztlich, ob wir das und wenn ja wie und wenn wie wo letztlich wo verantworten können und müssen und auch werden im weitesten Sinne also letztlich absolut gesprochen die Verantwortungsfrage die wir uns und der wir uns und ich mir mich stelle

Stammheimer

Bilanz der Welt, Partitur, wohl gemerkt, Partitur

Verantwortlicher Angestellter Mündiger Bürger

Zugleich sind wir selbstverständlich ganz auf Ihrer Seite. Ach, da kommt der Tee, Hanna, das ist aber nett, Herr Stammheimer, Ihr Kaffee, Herr Stammheimer, Frau Hanna, Frau Hanna Herr Stammheimer

STAMMHEIMER

Stammheimer

VERANTWORTLICHER ANGESTELLTER MÜNDIGER BÜRGER

Danke, danke Hanna. So, denn wollen wir mal, nicht

STAMMHEIMER

Hanna, sagen Sie mal heißt die wirklich Hanna, wie kann man nur Hanna heißen, ausgerechnet Hanna

VERANTWORTLICHER ANGESTELLTER MÜNDIGER BÜRGER

Ja ja ja, das ist was, das ist was. Doch um zurück zu kommen, diskutierbar ist alles, das ist klar, was realisierbar ist und wie, ist immer diskutierbar, Für und Wider, gehören für uns zusammen, Realisation und Diskussion, ist immer diskutierbar, gar keine Frage, für uns, immer gewesen, das ist klar

STAMMHEIMER

Falsche Widersetzungen in Fragen der Revolution seit Jahrhunderten, künstliche Antithetik, prinzipiell Juveniles, juvenile Prinzipien, Diktat der Dummheit

VERANTWORTLICHER ANGESTELLTER MÜNDIGER BÜRGER

Für Pro und Contra, für Für und Wider, für jede Diskussion sind wir immer offen, das ist für uns normal, gar keine Frage, ohne Zweifel

STAMMHEIMER

Die Jugend als der logische Revolutionär, prinzipiell gedankenlos, wer aber denkt, handelt nicht und umgekehrt, Resultat ist der Stumpfsinn und das Elend der Revolution seit Jahrhunderten. Unsere Arbeit ist demgegenüber die reine Wissenschaft, die Attacke ist die Analyse, die pure Partitur die Propaganda, Propaganda Agitation, Agitation Klassenkampf, Klassenkampf Revolution, die reine Wissenschaft

VERANTWORTLICHER ANGESTELLTER MÜNDIGER BÜRGER

Konkret gesprochen, tragen wir, wie Sie ganz richtig sagen, die Verantwortung, ob das realisierbar ist und wenn ja wo, wie ich vorhin bereits sagte, aus der wir uns auch nicht drücken und stehlen wollen und werden, wofür wir Ihnen auch dankbar sind und zu Dank verpflichtet und das auch aussprechen in aller Offenheit

STAMMHEIMER

Reden wir, reden wir logisch wirr, reden wir, reden wir immer dumm. Die Rede ist die Dummheit, selbst konzentrierteste Rede Konzentrationsvernichtung, was wir wissen, reden wir es, ist ein Dreck, Rede Ruin.

VERANTWORTLICHER ANGESTELLTER MÜNDIGER BÜRGER

Unsererseits geht es ja wie gesagt, verhandeln wir bei den anstehenden, was wir jetzt hier ganz begrenzt zu verhandeln haben, geht es bei diesen Verhandlungen jetzt um ganz konkrete Dinge. A, Der Befreite Mensch. B, Die Befreite Liebe. C, Das Befreite Leben. D, Folgen u a. Im weitesten Sinne also praktisch Befreiung, was jetzt hier ansteht zur Debatte, wie wir das sehen. Auch

STAMMHEIMER

War ein Denken Denken in unserem Kopf, ist es nichts, ist es uns aus dem Mund gefallen als Rede, ist es eine wabernde Luft.

VERANTWORTLICHER ANGESTELLTER MÜNDIGER BÜRGER

Unsererseits die Verantwortung nimmt uns niemand, die wir für die Realisation Ihrer wie Sie es ä nennen ä äm dieser Konzeption tragen, niemand ab, verantwortlich, wo die Probleme losgehen, weshalb ich Sie hier her habe bitten lassen müssen zu diesem Gespräch, daß wir das eben gemeinsam und einvernehmlich lösen und versuchen

STAMMHEIMER

Besessen einst von der Rede zur Verbesserung des Denkens, so Verbesserung der Welt, besessen in unzählbaren äußersten Redeanstrengungen die Rede auf ihren Grund geredet, der nichts ist, als Gedankenmitteilungsvernichtung, Denkruin, so Weltruin, so besessen heute von der Verbesserung von allem durch Kontrolle, Perfektion, Partitur.

VERANTWORTLICHER ANGESTELLTER MÜNDIGER BÜRGER

Irgendwie müßten wir jetzt wieder irgendwie

STAMMHEIMER

Totalste Kontrolle, reinste Perfektion, äußerste Partitur. Das ist unsere Wissenschaft. Das ist der Standard der RSSS.

VERANTWORTLICHER ANGESTELLTER MÜNDIGER BÜRGER

Was ich jetzt vorzuschlagen hätte, daß wir das jetzt einfach in der Reihenfolge durchgehen und dann das abhaken können

STAMMHEIMER

Indiskutabilität ist Ziel, Arbeit ohne Gegenteil, Gegenteilvernichtungskonsequenz, äußerste Spitze des Moments, Umsturz. Die falschen Widersetzungen in korrekte Gleichungen auflösen ist unsere Arbeit, Analyse der Welt also der Geschichte, Korrektur, Umsturz, Korrektur der Korrektur, totale Gleichung, Geschichte Fortschritt, alles Geschehen geschehen, Geschehen Geschichte, Fortschritt gut, alles Geschehen gut, Welt gut, Gesetz

VERANTWORTLICHER ANGESTELLTER MÜNDIGER BÜRGER

Wir reden ja lieber, auch weil wir dieses Revolutionsvokabular doch eher veraltet und altmodisch und überholt finden, reden wir von Freiheit, für die wir uns einsetzen, gerade weil Freiheit nie heißen kann, Freiheit ohne Grenzen, weil jede Freiheit ihre Grenze hat, an einer anderen Freiheit, die wiederum die die, was aber natürlich nicht heißen muß, daß jede Freiheit immer ihre Grenzen hätte, weil man die Widersprüche auch einmal so stehen lassen können muß, als Widersprüche, als Positionen, als Diskussionen, als diskutierbar, auflösbar, oder aber auch mal nicht, nicht wahr, Freiheit im Kleinen, auch im Kleinen, gerade da. Doch

STAMMHEIMER

Lüge, alles Lüge, fällt das Wort Revolution, folgen automatisch Lügen, nicht Kant, folgt nicht Strenge, folgt notorisch wirres Zeug, Danton, Lüge, Quatsch, Paris, Französisches, notorisch krauses Zeug, Erbe Büchner, Pest, Pest jedem Denken, Eiterbeule, hochinfektiöser Krankheitskeim, Vernichter der Analyse der Revolution

VERANTWORTLICHER ANGESTELLTER MÜNDIGER BÜRGER

Freiheit nicht zuletzt gerade im persönlichen Bereich, was wir fordern und wofür wir uns einsetzen in und mit unserer unseren Bemühungen, auch für Ihr Konzept, wobei wir besonders auf Freiheit im persönlichen Bereich Wert legen, wo sich ja vieles realisieren läßt, was anderswo zu kurz kommt und kommen muß, was man da einbringen und so ausgleichen kann

Stammheimer

Eiterndes Denken, Nichtdenken, eines eiternden Hirns, Nichthirn, Jugendeiter, Ausfluß, aus. Schwäche ist Schuld. Es ist verboten, sich unerprobt und früh davon zu stehlen, eine Widerwärtigkeit, vorher noch Genußsucht und Dekadenz zu feiern und dümmlich zu setzen gegen Tugend, Disziplin und Konsequenz. Eiterdenken, Dreck, bis heute, Eiterbeule Büchner

Verantwortlicher Angestellter Mündiger Bürger

Wer Freiheit sagt, muß auch Toleranz sagen, ist zumindest unsere Position und Haltung, da ohne Toleranz, ich weiß nicht, ob man in einer so grundsätzlichen Frage anderer Meinung sein kann, obwohl man sie natürlich vorbringen und diskutieren kann, da Toleranz und Freiheit, die Toleranz die Freiheit eigentlich erst ermöglicht und von ihr ermöglicht wird andererseits auch oft

Stammheimer

Spricht die Stimme der Vernunft als Stimme der Vernunft, spricht stets Beschwichtigung, ein Nebel, Lüge. Pflicht ist Geschichte und Moment, heraus stehen auf der Spitze des unendlichen großartigen Totenschädelgebirges der Zeit, das schaudern macht und Zwang ist zu Analyse, Klarheit, Haltung und Entschluß. Rache, Blutbad, Knochen, Schädel, Tod. Wie aber soll der Mensch das Leben leben. Tugend, Terror, Trieb, Traktat, Ursprung des Guten aus dem Bösen. Stein sieht aus wie Fleisch. Was ist gut, was böse. Das Ereignis des Fortschritts ist nicht die Gestik des Umsturzes selbst, die große Tat ist, was sie anrichtet in den mit Affekt und Enthusiasmus teilnehmenden Gemütern aller Zuschauer an Mitleid und Furcht. Gleich wie mörderisch und höllisch die Revolution gewesen, ist sie hierin doch endlich gültig gut. Durch Meere von Blut waten wir zum besseren Leben.

Verantwortlicher Angestellter Mündiger Bürger

Das ist dann genau der Punkt, wo wir sagen, das geht nicht, daß wir uns davon distanzieren müssen, wir wollen das auch, weil wir das nicht wollen, diese Art von Haltung, die im Namen von irgendwas nur das das irgendwas ganz anderes ist

STAMMHEIMER

Die Steine aber sehen allem zu, herzlos ohne Wille grausam, Erde Wolke Bläue Tier, Prinzip des Todes, gleichgültig Gleichgültiges gebären, neuen Lebens Ende Anfang Ende, Morde Morde Morde, die Steine sehen steinern alles, reglos unerschütterbar, Ideal Materie, steinern denken, nackt total, und ohne Arroganz von Mitleid, unerbittlich kalt.

VERANTWORTLICHER ANGESTELLTER MÜNDIGER BÜRGER

Mehr noch als in allen anderen ist in dieser Frage, also in der Frage der Gewalt eine eine, ein Bekenntnis möchte ich mal sagen, auch wenn das vielleicht nicht so ä, ein Bekenntnis von uns verlangt, wie wir dazu stehen, und daß wir das, auch und gerade in der Darstellung, und da beginnen die Probleme, ablehnen müssen, weil eine Aufforderung, was man auch wissenschaftlich bekanntlich untersucht hat und erwiesen hat, daß ein Aufruf zur Gewalt entsteht, so, durch so eine Darstellung, eine Aufforderung dazu, daß das so dann verherrlicht wird praktisch, was wir nicht wollen und unterstützen, daß das also nicht gezeigt wird, also nicht unterstützen können, nicht wollen, wenn es so eine Art von Gewalt so darstellt in der Darstellung, weil wir eine Gewaltverherrlichung, und jetzt egal von welcher Seite, uns daran nicht beteiligen, an so etwas, wo wir, da wir, da vertreten wir diesbezüglich eine Linie die, an der wir also nicht mehr, die nicht mehr diskutierbar ist an diesem Punkt, wo wir zwar das auch noch diskutieren können, aber doch wir ganz klar sagen, wie ich eben schon sagte, daß wir diesbezüglich im Sinne von Verherrlichung da dagegen sind und das deshalb also nicht können und, ja, da so verfahren, dementsprechend

STAMMHEIMER

Wenn die Mittage glühen, die Nachmittage endlos sind, die Abende Sehnsucht und hitzig, und die Nächte ein Riß nur zwischen Tag und Tag, kaum merklich, zwischen letztem und erstem Licht, wenn die Zeit still steht im Sommer, und alles bricht, im Freien, ist die Zeit für Aufstand, Revolution und Sturm.

VERANTWORTLICHER ANGESTELLTER MÜNDIGER BÜRGER

Das ist ganz klar natürlich, da sind wir völlig frei, was in der Darstellung der Natur liegt, auch durchaus in einem übertragenen eher also Sinn, worauf das, wenn das gemeint ist, wo ich unsererseits keine Probleme sehe, was ich nicht sagen kann, nein, das glaube ich, daß ich das so sagen, verbindlich praktisch Ihnen kann

STAMMHEIMER

Herbst, Zeit der Sichel der Gleichheit, Disziplin, um Verwilderung, Bosheit und Wahn zu zähmen, Tugend, rigoros, Zeit die Feinde zu morden. Und winters im Haus, wenn dunkel und eng die Schwärze der Nacht durch Dunkel und Enge unzählig unendlicher Nächte sich quält, muß der Sohn den Vater erschlagen.

VERANTWORTLICHER ANGESTELLTER MÜNDIGER BÜRGER

Sicher gibt es Mechanismen, und wir streben in dem Sinn ä in dem Sie das bereits gewollt haben also fordern, streben wir das an, diesen naturalistischen ä realistischen Realismus in der Darstellung, oder wie Sie das genannt haben glaube ich, jedenfalls total extrem echt realisiert also, genau, diesen heroischen Realismus wie Sie sagen, das nennen, oder nein, Schmarren, anders, dings äm, Kapitalismus genau das wars, jedenfalls das wird in der Darstellung Ihrer Ihrer, Herrschaft diese ganzen dings wie Sie das immer nennen alles, stimmt Partitur, in Ihrer in der Darstellung Ihrer ä Partitur wird das von uns in der Realisation alles realisiert, kapitalistischer Realismus, das wars, jetzt fällts mir ein, jetzt ist es mir wieder eingefallen, genau, kapitalistischer Realismus, das wars herrschaftzeiten ganz einfach eigentlich aber ä jedenfalls, den können wir in der Realisation realisieren, und werden wir, klar

STAMMHEIMER

Wir fordern wir fordern, Erhebung Erhebung, Waffen Waffen, Waffen Waffen, Nieder mit nieder mit, Nieder mit nieder mit,

Hoch die hoch die, Hoch die hoch die, Hoch die hoch die, Bewaffnete Revolution bewaffnete Revolution

VERANTWORTLICHER ANGESTELLTER MÜNDIGER BÜRGER

Nein, verzeihung entschuldigung aber so, so geht es nicht weiter, so kommen wir nicht weiter miteinander, wenn Sie da dauernd, Herr Stammheimer, ich bin ja wirklich sehr bereitwillig, daß ich auf Sie eingehe mit Ihrer ä Ihren wie Sie das, also Ihre Wünsche und Art undso, aber in dieser Weise ist das kein Gespräch in dem Sinn, daß man das so führen und verhandeln und zu einem Abschluß irgendwie irgendwo bringen und kommen kann, so, irgendwann, weil das ja so in dem Sinn praktisch keine Verhandlungen sind in unserem Sinn, sagen Sie, ich meine, was, was, wie sollen, wie stellen Sie ä, Sie stellen sich da hin und sitzen da und reden da Ihren ä ä, also so kommen wir, so kann man sich ja überhaupt nicht, Hanna, sagen Sie Herr Stammheimer, Ihr Herr wie heißt ä Ihr Herr Heidegger oder der Herr, Hanna, hören Sie, rufen Sie bitte, also, also, jetzt sitzt er da und sagt überhaupt überhaupt nichts mehr, Hanna wenn Sie da bitte diese Dings anrufen denen Ihre Firma, wie die jetzt gleich wieder heißt diese diese, daß da einer kommt, weil so, also mit dem, diesem ä, so kommen mir hier nicht weiter, wenn Sie so nett sind bitte, Hanna

STAMMHEIMER

Politische Macht politische Macht, Kommt aus dem Lauf kommt aus dem Lauf, Der Gewehre der Gewehre

VERANTWORTLICHER ANGESTELLTER MÜNDIGER BÜRGER

Hanna Hanna, haben Sie mich gehört Hanna, bitteschön wirklich, der hier der, Hannaa

STAMMHEIMER

Hanna, wenn ich das schon höre

VERANTWORTLICHER ANGESTELLTER MÜNDIGER BÜRGER

Bitteschön darf ich Ihnen bitteschön, nehmens doch eine Zigarette, nehmens noch einen Tee halt nein, Tee trinkt er ja keinen, einen Kaffee wenn ich ä ä, Hanna wir

STAMMHEIMER

Hanna Hanna Hanna

Verantwortlicher Angestellter Mündiger Bürger

Bitte bitteschön Herrää Herr Stammheimer, regen Sie sich Ihnen nicht auf bitteschön, bitte wir, wir ä, Hanna sagen Sie haben Sie endlich haben Sie die ä wir Herr ä ä, jessers jessers jessers, der der, also mit denen kann beim nächsten mir ist das beim nächsten mal ein anderer verh, obwohl mir kann das wurscht sein, mir ist das wurscht, wie der wenn der das ist ja nicht der ist ja der ist ja nicht, so was ist ja nicht normal sowas sowas habe ich ja noch nicht verlebt erlebt der ist ja jessers jesser, jessers jessers, wurscht, wurscht weils wurscht ist ists wurscht, Hanna, Hanna, jessers jessers jessers

2.
Zerstückeln

Stammheimer

Hanna
Befreiung
Hören Sie das haben Sie das gehört
Hanna Hanna Hanna
Befreiung Befreiung
Unglaublich der befreite Mensch
Die befreite Frau Ungeheuerlichkeit
Hören Sie das Hanna haben Sie das gehört
Was der redet
Irrsinn Wahnsinn
Befreiung
Folter Geißel Pest
Hanna Hanna
Wie die redet
Was die sagt
Die befreite Frau
Geißel der Menschheit
Hören Sie das
Wahnsinn wie die redet
Wie die sagt was sie sagt

Allein wie wie die redet ungeheuerlich
Pest
Pest
Die befreite Frau
Geißel der Menschheit
Irrsinn Wahnsinn
Hanna Hanna
Dauernd Hanna
Wie der die dauernd ruft
Was der da dauernd redet
Hören Sie das hören Sie das
Gefasel ununterbrochen
Der befreite Mensch
Ein einziges Gefasel
Sagenhaft
Sagenhafte Dummheit
Unbeschreiblich haltlos
Befreiung
Haltlosigkeit Dummheit Gefasel
Geißel Folter Pest Menschheitsgeißel
Der befreite Mensch ununterbrochenes Gefasel
Hanna Pest der Wahnsinn
Wie die redet
Hören Sie das
Was die reden
Wer das hört
Was reden die
Was reden die
Ununterbrochen unbeschreiblich
Ununterbrochen das unbeschreiblichste Gefasel
Gewäsch
Gewäsch
Hanna die befreite Frau
Der befreite Mann
Befreite Körper
Furchtbar

Dreck
Dreck
Das befreite Sprechen
Endlich wieder miteinander Sprechen
Gespräch Gespräch
Folter Geißel Dreck
Gespräch Dreck Nichts
Nur Dreck
Körper Dreck Mann Dreck Frau Dreck
Alles Nichts
Nur Dreck nichts als Dreck
Befreiung schlimmster Dreck
Befreiungsdreck
Dreck
Alles Dreck
Der reine Dreck
Absolut total
Der Wahnsinn
Der Mitmensch
Was der redet
Was der der erklärt
Hören Sie das
Wie der der erklärt was er ihr erklärt
Befreit ohne jeden Halt ohne alles nichts
Verrückt
Man glaubt es nicht aber so ist es
Pausenlos
Überall
Der Hirnlose redet auf die Hirnlose ein
Befreit natürlich Stuß
Jetzt sie auf ihn
Jetzt redet die Hirnlose auf den Hirnlosen ein
Hanna
Wie kann man nur Hanna heißen ausgerechnet Hanna
Wie kann man nur ununterbrochen derartigen Stuß verzapfen
Revolution

War der Schlachtruf
Befreiung tropft stinkend
Als stinkende Antwort aus jeder Schweißpore
Der aufs fürchterlichste revolutionsfeindlichen Menschheit
Aber befreit
Pest
Folter
Befreiung
Revolution
Es lebe die Revolution
Ruft das glühende Herz
Befreiung
Höhnt es aus den Sümpfen der Dumpfheit
Freiheit
Der Schlachtruf
Das Hohngelächter
Befreit
Befreit befreit
Furchtbar Stuß nichts als Stuß
Jetzt
Jetzt reden sie wieder
Hanna und er der Idiot
Hirnloses Zeug natürlich
Nicht zu verstehen
Verstehe Fetzen
Hören Sie das
Das reicht
Hanna er
Er dauernd Hanna
Hanna dauernd ja ja ja
Er dauernd einerseits
Einerseits andererseits einerseits
Komplette Idiotie unglaublich
Sagenhafter Stuß alles
Alles über mich
Dreck

Logisch nichts als Dreck
Lüge
Alles Lüge alles
Meine Schuld
Ich
Ich
Hören Sie
Hören Sie ich
Ich weiß auch nicht
Was
Wie
Wir
Wir sind
Weiter weiter
Auch nicht klüger
Lüge
Lärm Lüge Apodiktik
Das ist die Wahrheit
Aufhören
Schluß
Hören Sie
Zu viel
Gerechtigkeit
Dreck
Dreck Dreck Dreck
Aufhören Schluß
Schluß
Geschrei
Hören Sie
Ich
Ich

3. Ordnen

HEIDEGGER

Kinder, Himmel, gütiger Gott, hier bin ich, hallo hallo, was ist denn, was gibts denn, was ist denn nur los

VERANTWORTLICHER ANGESTELLTER MÜNDIGER BÜRGER

Gottseidank Herrherr daß Sie da sind Herr Stammheimer gut nur gut daß Sie endlich da sind wissen Sie Herr

HEIDEGGER

Heidegger

STAMMHEIMER

Hau ich alles
Hau ich alles hier
Zu
Stück.

VERANTWORTLICHER ANGESTELLTER MÜNDIGER BÜRGER

Herr Heidegger sehen Sie schauen Sie so geht das jetzt schon die ganze Zeit brüllt der der hier nur so so geht das doch nicht brüllt der hier dauernd so so rum

STAMMHEIMER

Hanna Hanna Dreck

HEIDEGGER

Na na. Was denn was denn

VERANTWORTLICHER ANGESTELLTER MÜNDIGER BÜRGER

Der der

STAMMHEIMER

Geschwätz Gestöhn Gesabbere

VERANTWORTLICHER ANGESTELLTER MÜNDIGER BÜRGER

Sehen Sie schauen Sie es es Herr äm es ist ja nicht daß man nicht alles nicht diskutieren könnte und wir nicht alles das auch würden und diskutieren könnten aber diese Form ist ja keine Form der so wie wir uns auseinandersetzen üblicherweise unter vernünftigen ernstzunehmenden äm Diskussionen was das ja notwendig wäre der wir uns auseinander in der wir uns auseinander miteinander auseinandersetzen können und der wir uns stellen und wollen

Stammheimer

Brabbel brabbel
Sabber sabber sabber
Fasel fasel fasel fasel
Folter
Dreck
Gewäsch

Heidegger

Ganz richtig, gut, genau, wie Sie sagen, Diskussion, Wilhelm halt den Mund, erste Frage Frage eins, das Material, was liegt vor, zweite Frage, die Analyse, Frage drei, die Ordnungsfrage, viertens Anwendung Zeremonie Strategie, Frage fünf, der Angriff

Verantwortlicher Angestellter Mündiger Bürger

Jessers Herrä Heidegger da bin ich bin ich aber froh daß Sie jetzt endlich jetzt da sind mit Ihnen wollens eigentlich darf ich Ihnen Tee Zigarette Hanna

Stammheimer

Hanna Stöhn Hanna

Verantwortlicher Angestellter Mündiger Bürger

Einen Tee anbieten eine Zigarette

Heidegger

Danke danke

Verantwortlicher Angestellter Mündiger Bürger

Bitte danke nein nichts ja ja sicher gut äm nein Hanna danke erä der Herrä nein kein nichts jetzt vorerst vielen Dank

Heidegger

Ja, nein danke, vielen Dank, wie gesagt, das Material

Verantwortlicher Angestellter Mündiger Bürger

Haargenau so ist es ich kann Ihnen gar nicht sagen ich bin ja so froh

Stammheimer

Wahnsinn
Sagenhaft
Idiot
Hanna Sabber Brabbel Fasel

Dreck Dreck

HEIDEGGER

Ruhe Wilhelm, sage ich, erste Frage, was liegt vor

VERANTWORTLICHER ANGESTELLTER MÜNDIGER BÜRGER

Daß ich wir das jetzt mit Ihnen alles verbindlich diskutieren können bin ich froh jetzt doch doch muß ich Ihnen sage ich frank und frei weil das war ja vorhin in dem Sinn keine gut gut Schwamm drüber wie gesagt wir wir was ich vorhin schon ich habe das vorhin schon Ihrem demä dings das habe ich schon also erläutert unsererseits daß wir das ganze Problem wenn man denn Problem sagen will daß wir Freiheit sagen und unter diesem Aspekt Freiheit das alles stellen und sehen

HEIDEGGER

Material ist Welt, Welt ist Geschichte, Geschichte Revolution, alles Kerker, Kerker Material, Kerker Welt, Kerker Geschichte, Kerker Revolution

STAMMHEIMER

Totale Kontrolle
Bilanz der Welt
Partitur

VERANTWORTLICHER ANGESTELLTER MÜNDIGER BÜRGER

Weshalb wir auch im Zentrum sagen und darstellen steht unter dem Aspekt jetzt unser Aspekt jetzt unter dem Aspekt Freiheit steht immer der befreite Mensch an erster Stelle im Sinne einer äm der gewissermaßen Ausgewogenheit auch Wiederholbarkeit das auch durchaus auch auch Demokratie ohne Unterdrükkung Unterdrückung der Wahrheit als Diskussion der Freiheit freiheitlich immer diskutierbar in diesem Sinn meinen und sagen wir Freiheit und stellen uns und das so dar nicht wahr zunächst mal so gesagt also ins unreine jetzt ganz nur so in die Tüte so mal das hingestellt und zur Diskussion so nichtäm ja doch

HEIDEGGER

Wiebitte, was

VERANTWORTLICHER ANGESTELLTER MÜNDIGER BÜRGER

Wiebitte was das ist gut wiebitte hervorragend was also Sie sind mir einer wiebitte was ausgezeichnet Hanna haben Sie das gehört wiebitte was ausgezeichnet vorzüglich vorzüglich

STAMMHEIMER

Stuß

Dreck

Idiot

HEIDEGGER

Die Analyse ist unsere Spezialität, unser Produkt, reine Wissenschaft, Denken, Geist

STAMMHEIMER

Äußerste Partitur

HEIDEGGER

Das ist das Problem, die maximale Materialferne des Produkts der Analyse des Materials

VERANTWORTLICHER ANGESTELLTER MÜNDIGER BÜRGER

Vielleicht ohne Ihnen jetzt Sie irgendwie etwas Ihnen vorweg nehmen zu können und wollen können wir uns vielleicht darauf einigen daß wir Liebe als befreite Liebe

STAMMHEIMER

Tusch

Tusch

VERANTWORTLICHER ANGESTELLTER MÜNDIGER BÜRGER

Und als Liebe zum Detail, Liebe gerade zum Detail, Liebe zum Kleinen und im Kleinen daß wir diese Bedeutung dieser Befreiung in diesem Sinn auch würdigen und sehen und uns darauf einigen könnten wie Sie sagen sagten Analyse so verstanden richtig verstanden auch

HEIDEGGER

Die reine Wissenschaft, geschichtslogisch, der reine Haß, gar keine Frage, Haß

STAMMHEIMER

Haß

Nur Haß

VERANTWORTLICHER ANGESTELLTER MÜNDIGER BÜRGER

So ja aha sicher so herum können Sie es natürlich kann man es natürlich auch so herum ausdrücken wenn Sie es so herum ausdrücken möchten weil es ja doch dann diese Befreiung andererseits auch wiederum enthält als Freiheit in diesem anderen von daher Sinn unter Umständen gewissermaßen

HEIDEGGER

Der reine Haß, keine Frage, eine eminente Frage, die Ordnungsfrage, die Zentralfrage Ordnung, äußerste Ordnung im Zentrum, Generalpause, absolut, Stille, Nichts

VERANTWORTLICHER ANGESTELLTER MÜNDIGER BÜRGER

So

Aha

STAMMHEIMER

Haß

Nichts

Nur Haß

HEIDEGGER

Im Zentrum der Bewegung Ruhe, äußerste Ordnung, absolute Stille, starr

STAMMHEIMER

Bilanz der Welt

Partitur

HEIDEGGER

Zentralstarre, im Zentrum, Minimalbewegung, Totalumsturz

VERANTWORTLICHER ANGESTELLTER MÜNDIGER BÜRGER

Aha aha verstehe verstehe

HEIDEGGER

Äußerste Revolution, gigantische Bewegung, total entfesselt, Grauen

STAMMHEIMER

Umsturz Umsturz Umsturz Umsturz

HEIDEGGER

Ordnung, im Zentrum, äußerste Ordnung, das ist das Problem, die maximale Wirrnis der Analyse, unausweichlich, maximale Wirrnis das geschichtslogische Produkt der totalen Analyse allen Materials

STAMMHEIMER

Umsturz

Umsturz

Heidegger

Maximale Wirrnis, Ordnungspflicht, Zuspitzungsnotwendigkeit, permanente Perfektionsproduktion, im Zentrum, ununterbrochen Arbeit, Ordnung, das ist das Problem, Zentralfrage, äußerste Ordnung

Stammheimer

Umsturz
Bilanz der Welt
Partitur

Verantwortlicher Angestellter Mündiger Bürger

Praktisch gesagt also Frieden was Sie meinen wo wir zustimmen natürlich weil wir das auch so sehen als essentiell als äm existentiell auch das ansehen und dafür eintreten für den Frieden natürlich verstanden als Frieden in Freiheit und wir darüber aus meiner und unserer Sicht uns einigen können und einig sind auch mit Ihnen und das in diesem unserem gemeinsamen Sinn so abhaken können als diesen Punkt

Stammheimer

Geißel der Menschheit
Freiheit
Geißel der Menschheit
Friede
Geschwätz

Heidegger

Ruhe Wilhelm, wir gehen zum nächsten Punkt, Frage vier, Anwendung Zeremoniell Strategie, interessante Frage, Realisation der Analyse als Propaganda, perfekte Propaganda, Pop, die Kraft der Wahrheit als Lüge wahr zu sprechen, Massen, Jubel, Hitze, Lust

Verantwortlicher Angestellter Mündiger Bürger

Ja ja ganz genau das ist es was wir das Leben das befreite Leben ich habe das vorhin Ihrem äm dings dem schon gegliedert und erklärt so aber der hat da der hat da nicht da nichts gehört das nicht aufgenommen vorhin was jetzt egal ist egal jedenfalls also das sehe ich und wir genauso als bedeutend das ganze als Leben auch mit dieser Einbeziehung des ganzen Lebens Schlagwort Bauch wenn ich mal so verkürzen darf daß das genauso wichtig ist auch

HEIDEGGER

Frage vier, entscheidend, Moment des Eintritts in das zwanzigste Jahrhundert, der moderne Krieg, Sieg, die russische Revolution, Sieg, das Proletariat, Sieg, die Partei

STAMMHEIMER

Fortschritt
Geschichte
Bilanz der Welt
Sieg

HEIDEGGER

Choräle, Gesang, endlose Repetition, Schönheit des Rituals, Wiederholung, Ritual, hymnische Gregorianik

VERANTWORTLICHER ANGESTELLTER MÜNDIGER BÜRGER

Da sehen wir auch das Zwischenmenschliche das in der Frage der Anwendung in der durch die Verhandlung und Verhandlungen etwa nur als Beispiel in dem Sinne wie wir jetzt hier miteinander über die anstehenden Fragen das verhandeln wie das ins Spiel kommt an diesem Punkt und wichtig ist uns und für alle als gelebtes Leben jetzt mal praktisch gesagt also pathetisch meine ich aber Sie wissen was ich meine von unserer Seite aus jetzt gesprochen

HEIDEGGER

In Wahrheit, das ist das Problem, will man immer nur die langsamen Sätze hören, immer wieder, das ist das Problem, daher der wüste Stoß, Rhythmus, Trieb, Maschine

STAMMHEIMER

Diktatur
Diktatur des Proletariats
Bilanz der Welt
Revolution

VERANTWORTLICHER ANGESTELLTER MÜNDIGER BÜRGER

Wie ja auch wir auch als Organisationsfrage im Zusammenhang dieser Frage ä mit dieser Frage der Wiederholbarkeit die Wiederholbarkeit in diesem Zusammenhang der Demokratie sehen und stellen und uns darin wissen als Konsens und Boden ohne den den wir auf dem und zu dem wir auch stehen als Demokraten in dieser Freiheit ä demokratisch und wir das in diesem Zusammenhang betonen und wollen

STAMMHEIMER

Parlamentarismus
Dreck
Geißel der Menschheit
Parlament
Diktat der Bourgeoisie
Parlamentarismus
Dreck Dreck
Dreck

HEIDEGGER

Attacke, letzte Frage, Frage fünf, der Angriff, geschichtslogisch, zwingend, Endprodukt

STAMMHEIMER

Attacke
Attacke

HEIDEGGER

Ruhe Wilhelm, Angriff ist die Konsequenz der Geschichte, die Konsequenz der Geschichte, das ist das Problem, ist das Tausendjährige Reich, auch Auschwitz Geschichte, Geschichte Fortschritt, das ist das Problem, Hitler Fortschritt, das ist das Problem, Konsequenz der Geschichte, Angriff, Heute

VERANTWORTLICHER ANGESTELLTER MÜNDIGER BÜRGER

Aha so so ja also wissen Sieä dasä ich möchte einmal in unserem Sinne also wie wir das sehen für uns gesagt das so sagen daß wir durchaus und sehr was Sie da ansprechen diesä ä Bewältigung das suchen und müssen und auch sehen in seiner ganzen Tragweite der demokratischen Kultur als Bedrohung und immer neu Aufä als Anlaß und Aufforderung zur Bewältigung was ich vorhin bereits ansprach und ausgedrückt habe als Punktä D unter dem Stichwort der Folgen und anderem da sehe ich diese unsere Aufgabe als ganz vordringlich ä vordringliche Bewältigung die wir immer geleistet haben mußten und immer wieder neu in Angriffä um ä hier Ihr Wort zu verwenden jetzt in Angriff immer wieder neu auch nehmen

STAMMHEIMER

Hören Sie das
Hören Sie das
Hirnlos
Gefasel
Sagenhaft
Sagenhafte Dummheit
Der befreite Mensch
Ununterbrochenes Gefasel
Furchtbare Folter
Geißel Pest
Hanna
Dreck
Dreck Dreck Dreck

HEIDEGGER

Der Angriff ist die Drohung, Vernichtungskrieg des Heute gegen alles Alte, Produktion des neuen Materials, tosender Lärm, rasendes Chaos, äußerste Spitze, Moment

STAMMHEIMER

Attacke
Bilanz der Welt
Partitur

HEIDEGGER

Unsere Wissenschaft die reine Angriffswissenschaft, Zerstörungswissenschaft, Vernichtungsproduktion, Jetzt

VERANTWORTLICHER ANGESTELLTER MÜNDIGER BÜRGER

Ja ä äm dem ist also eigentlich ist dem wohl nun unsererseits nichts mehr was da noch gesagt werden müßte hinzuzufügen und ich bin wirklich so froh so daß wir hier gemeinsam Herrä nicht wahr in gemeinsamer Diskussion das als diese Lösung jetzt so betrachten und verantwortlich auch uns so in diesem Sinn ä einsetzen uns werden und das durchsetzen werden können was mich wirklich das muß ich Ihnen einfach so sagen ganz einfach sehr froh macht doch doch doch

STAMMHEIMER

A habel der sabel di
Raber di rabber
Boing boing

HEIDEGGER

Komm Wilhelm, das wars

VERANTWORTLICHER ANGESTELLTER MÜNDIGER BÜRGER

Erfolgreiche ä Verhandlungenä sehrä ja ja wiedersehen auf wiedersehnä sehr sehr froh

III. Die Bühne
freilich am liebsten ein großer Gegenstand aus der Geschichte

1.
Aktis Aeliou

CHOR DER JUNGEN HÜBSCHEN MÄDCHEN

Io
Io
Io
Hört Hört Hört
Hört Hört Hört
Hört Hört Hört
Wir sind die jungen
Jungen Jungen Jungen
Wir sind die jungen klugen
Jungen Mädchen Jungen
Die hübschen klugen jungen
Mädchen Jungen Mädchen
Hört
Io
Euoi
Euoi Euoi Euoi
Wir sind der Tanz
Der schnellfüßige Tanz
Wir sind die Laute
Die schönklingende Laute
Wir sind die Pauke
Die dumpfdröhnende
Bodenerschütternd
Werft euch nieder
Lustvoll zitternd
Werdet Dreck
Wie wir bebend

Betet an
Musik
Euoi
Io
Hört Hört Hört
Der jetzt kommt
Donnerstrahl Donnerschlag Blitz
Der bringt Blut
Brennend
Stürzt der
Hohes nieder
Hört Hört Hört
Hört
Hört
Io Io
Io
Euoi
Oi

2.
The Texas Chainsaw Massacre

STAMPFEN

Schwärze, Leder, Eisen, Stampfen, Düsternis. Steht da wer? Das Stampfen ist ein rhythmisch tieffrequentes schweres Beben, das der Körper mit dem Magen auffängt, durchmischt mit einer Menge einzeln nicht unterscheidbarer, leichterer metallener rhythmischer Geräuschserien, eine wirre laute jedoch noch nicht schmerzhafte Maschinenhallengeräuschesumme, Klickern, Rattern, Hämmern, Rasseln, Klirren, vor allem, unter allem, Stampfen, Beben, Stampfen, Beben. Der Boden zittert.

Die Schwärze ist die Düsternis des Raums, nahezu vollkommen lichtlos, und die Schwärze von Maschinenteilen in rhythmischem Auf und Ab und Hin und Her, und die Schwärze ist die Schwärze arbeitender Leiber, aus der ein Ohr weiß irgendwo hervor glänzt, oder eine halbe Zahnreihe, oder ein Sklerenblitz, Leiber, deren Bewegung die Maschinen treibt, und die Schwärze ist die Schwärze von Leder, in dem die Leiber stecken, pralle Muskeln, schwarzes Leder, glänzend, schwarzer Gummi auf der nackten Haut, Gurte, Riemen, Metallenes an den Leibern, Leiber und Maschinen, im Rhythmus gerissenes Metall, und die Schwärze schwarzer Gummistiefelstapfen, aus denen einer heraus steht, ein Gegürteter, Beriemter, Metallbehangener, der die Faust rhythmisch vor stößt und rhythmisch Rufe aus stößt, im Rhythmus der Maschinen und Leiber, schwarzumlederter, schreiender, treibender Leib, der das Stampfen und Hauen und Hammern und Schlagen der Leiber und Maschinen um ihn treibt, treibt, schreit und treibt, und die im Rhythmus ausgestoßenen Rufe, unverständliche Treiberschreie, kommen aus einem, unter sperrangelweit vor Angst und Zorn und Sucht aufgerissenen Folteraugen, sperrangelweit aufgerissenen Mund, Löcher in einem Gesicht, das nur Löcher und Backenknochen ist, Härte und Hagerkeit, brüllender Schrei, Trieb, im Rhythmus aus dem aus dem Leder, den Riemen, dem Metall heraus stakenden Gesicht, Löcher und Knochen, Skelett, Rufe, Hämmer, Hammern, Hacken, Rattern, Rhythmus, Arbeit, Arbeit, Arbeit, stößt das Mundloch aus ins Mikrophon, Arbeit, Arbeit, und die Faust fährt fest geballt jedesmal nach vorne und nach oben, im Rhythmus der Arbeit der Leiber und Maschinen, Arbeit, Arbeit, Arbeit, stößt die Faust vor, und der restliche Antreiberleib steht ledern, beriemt, begürtet, bedrohlich, bewegungslos, starr gespannt in den stampfenden Stiefeln, die rücken bei jedem Stoß kaum merklich vor, der kommt ja näher, ohne Bewegung nähert der sich mit jedem Schrei, bedrohlich, daß die Musik noch lauter wird, das Hämmern und Stampfen, Stampfen in jeden Bauch, Tritt um Tritt in jeden Magen, mit der Lunge gehörtes, vom Brustkorb bebend gemeldetes Zittern, stampfendes Geräusch, Geschrei, Gekreisch, das noch lauter wird, immer lauter, näher kommt, noch näher, noch lauter, bis plötzlich das Ohr wieder hört,

Schmerz, im Rhythmus der stampfenden Leiber und Maschinen, Schmerz, mitten im Ohr, Schläge, das Trommelfell schlagend, Stampfen im Magen, Schmerz, Schmerz, ruft das Antreiberknochengesicht aus dem weit aufgerissenen Loch, Schlund im Schwarz, in den plötzlich Licht fällt, rot, roter Schlund, Schmerz, Schmerz, Arbeit, Arbeit, schreit das Loch im Lederleib, immer noch lauter, noch näher, das muß doch aufhören irgendwann, das hört nicht auf, das Stampfen der Leiber, der Maschinen, der Schmerz, Schmerz im Ohr, Tritte im Bauch, Beben des Bodens, der Sitze, Drohung, Arbeit, Schreie, Arbeit, Arbeit, Schmerz, Schrei, Schmerz, grausam, Lust, jetzt in den Augenlöchern sichtlich Lust, Qual, Schmerz, unvorstellbar, Steigerung, näher, lauter, äußerste Grausamkeit von Lärm. Abbruch. Stille. Seligkeit. Ruhe der ewigen Ruhe.
Stampfen, Schwärze, Düsternis, Stampfen, Stampfen, jetzt geht das schon wieder los. Geht das jetzt schon wieder los? Steht da wer? Tiefes Beben, Leder, Gummi, Gurte, Riemen, stampfende stampfende Stiefel, näher, näher, Schmerz, Schmerz, Schreie, Arbeit, Arbeit, Arbeit, Schläge, mitten im Ohr, das Trommelfell schlagend, Tritte, Stampfen, schwarzer Schlund, rot, rot, Schreie, Schrei, Schrei, Arbeit, Arbeit, Arbeit der stampfenden Leiber und metallenen Maschinen,
Metall, getrieben, Schreie, inmitten von Metall, Platten, Rohre, Wellblechblech, Stangen, Träger, Pleuel, riesige Schwungfedern, Zylinder, Brocken von Beton, Auf und Ab, Schwingen, Rattern, Hämmern, hämmernde Schläge eines mächtigen von einem mächtigen weit ausholenden Lederarm geschwungenen Vorschlaghammers gegen eine mächtige metallene schwere Säule, Metall, das keine Wirkung zeigt, tief röhrt und den Hammer zurück wirft, schon vom nächsten Schlag schwer getroffen sich dennoch nicht beult, nicht biegt, nur erzittert, tief dröhnt, standhält, bebt, unter jedem neuen Hammerschlag neu zittert, dröhnt, röhrt, vornüber stürzen möchte, über den Rand, nicht stürzt, wankt, drohend, mit jedem Hammerschlag drohender, kaum merklich so langsam näher rückt, wankend, näher, drohender, immer noch lauter, Schreie, Aufschrei eines Knienden,

der im Rhythmus metallene Platten hoch stemmt, vornüber nieder stürzen läßt auf den Boden, Beben des Bodens bei jedem Aufschlag von Metall auf Boden und von Metall auf Metall, Donnerschlag, Schlag um Schlag, Aufschrei, Schreie, Stampfen, Beben, Wanken, vorwärts, schneller, lauter, mehr, äußerste Drohung, Angst,
Geruch der rhythmisch stampfenden und hämmernden Maschinen, der Leiber, Geruch von Schweiß und Öl, rhythmisch, Blechgeruch, Werkzeuggeruch, Eisengeruch, Ledergeruch, Geruch von Feuer, Erde, Stein, Geruch von Gummi, Hitze, Reibung, Stiefel, Schreie, Arbeit, Öl, Staub in der Luft,
Preßlufthammerhämmern jetzt plötzlich, Maschinengewehrhämmern eines hämmernden Preßlufthammers, der sich hinein hämmert in den schon in den Ohren Schmerz hämmernden Lärm, Anfeuerungsschreie, Stampfen, Preßlufthammergehämmer auf Beton, Beton springt weg, Geschosse von Beton im Raum, drohend, Schmerzgeräusch, schneidend,
Kreischend die Flex, kreischender Geruch von Stein, in den die Flex eintaucht, kreischend, über Wellblech fährt, Funkensprühen, Explosionsgeruch, Funkenfontänen sprühen sprühend von der kreischend rasenden Flex weg in den Raum, Drohung, Geruch von Funken, Steingeruch, Brandgeruch, Preßlufthammerhämmern, Flexgekreisch, Leiberstampfen, Mundlochschreie, Qual, Qual, Qual, Qual, Augenlöcherlust, wilder, wilder,
Wankend röhrt die Säule, stürzt vornüber, hält sich, Aufschrei von Entsetzen, wankt getrieben vom nächsten Vorschlaghammerschlag, und stürzt tatsächlich, stürzt nach vorne, Schreie von Erschlagenen, furchtbar, Menschenschreie, triumphierend stoßen aufheulend die Maschinen vor, funkenfontänensprühend treibt kreischend die kreischende Flex das Metall nach vorn, dem Rand entgegen, Schreie, Angst, Treiberschreie, Angstgeschrei, Preßlufthammerhämmern auf Beton, Garben von Betongeschossen schießen durch den Raum, Bodenbeben, Lufterzittern, Schreie, Stampfen, Angst, Angst, Benzingeruch, Geruch von Treibstoff, Schreie, lauter, schneller, mehr, mehr

Schmerz, mehr Drohung, stampfend, Unausweichlichkeit, Gelassenheit der Arbeit der Maschinen und der schwarzgeschwitzten Leiber, vor, vor, rücken, rücken, Stürzen von Metall, Schmerzensschreie, Heulen, Kreischen, Toben der Maschinen, überall Benzin, Benzingeruch, überall Benzin, Drohung gegen Leib und Leben,
Ein Streichholz fliegt, die Bühne steht in Flammen, Flammen, die schon nach dem Bühnenvorhang greifen, Bühnenfeuerpolizei stürzt herbei mit Löschgerät, Flammen überall, Feuerlöscherschaum, Flammen, Schreie, Stampfen, Rauch, Rauch überall, gellend, Geheul einer Sirene, Feuersirenengeheul, Schreie aus den Flammen, Arbeit, Arbeit, immer noch der Schrei des Treibers, kreischend die Flex, rhythmisches Stampfen, Preßlufthammerhämmern, Schreie, Flammen, überall Rauch, auffliegende Türen, Panik, Panikgeschrei, Feuer, Feuer, das schon nach dem Parkett leckt, Panik, Flammen, Heulen der Sirene, Rauch, Rauch, Erstickungsangstgeschrei, Stürzen der vielen nach draußen zur Luft, Licht im Parkett, Dunkelheit plötzlich, Aufschrei, vielkehlig, Schreie, Stürzen, Ruhe, Ruhe, fordert der Lautsprecher, kaum hörbar, bleiben Sie ruhig, behalten Sie Platz, Panik, Getrampel, stürzende Körper, in den Boden gestampft, Schreie, Schmerzen, Todesangstgeschrei, Vorsicht, Vorsicht, Rufe der Bühnenfeuerpolizei, kreischend senkt sich der Eiserne Vorhang in das hoch lodernde Feuer, hinein in den zerklüfteten geschundenen Bühnenrand, Funkenbögen, Schläge, Elektrik, spastisches Zucken eines Leibes unter Strom, Schreie, Flucht, Rauch, Schwärze, bizarres Glimmen der Notausgangslämpchen, Lautsprechermahnungen, Gefuchtel von Taschenlampen durch den jetzt leeren rauchverqualmten riesigen Raum, Gefuchtel durch die Reihen des Parketts, Rufe, Stöhnen, sparsame Schreie,
Sirenen der Feuerwehrlöschzüge von draußen, Heranpreschen der Wagen, Polizei und Rettung, Quietschen, Bremsen, Türenschlagen, Kommandos, Rufe, Sirenen, Türenschlagen, Winken der vielen Verängstigten ins Freie, zur Seite, Ruhe, ruhiges Ineinander der ruhig kreisenden Blaulichter auf den Rettungs-

wagen, Bedacht der jetzt ins Theater hinein vordringenden Männer von der Feuerwehr, Sicherheit, Ruhe, routinierte Disziplin beim Vorgehen im Fall der Katastrophe.

3.
Welcome To The Pleasure Dome

DIE LEERE
Erschütterndes
In der Tiefe des Raumes verhallendes
TEUFLISCHES GELÄCHTER
Ha
Ha
Ha
Ha ha ha ha ha
Ha ha ha
Well Come

IV. Gruft
Gezeiten, Kontrolle, Kategorischer Gesang

1.
Stürmisches Gesicht

STOCKHAUSEN
Wer da
Hallo
Ich
Wer ist denn da da da
Ist doch wer da wer ist denn da
Hallo hallo
Mensch hallo ich hör doch was da redet doch
Wer was
Nichts
Lächerlich ich habe es doch genau gehört es es war Quatsch
Hinunter
Hinunter
Hinunter
Stimmen viele Stimmen komisch jetzt wieder Hinunter
Jetzt wieder nichts lächerlich nichts ich höre Stimmen
Stimmen fertig nichts ich höre Stimmen lächerlich
Hinunter hinunter hinunter ja und und sonst nichts oder
Wie sich das an hört ich höre Stimmen und und und sonst
Nichts fertig aus Quatsch sonst nichts oder wie oder was
Hinunter
Hinunter
Nein anders Lüge man erschrickt es redet was was wie wo
Ein Schreck es redet Stimmen fremd nicht ich
Dann ist es normal es redet
Ich in mir
Dunkel
Phantastische Nacht
Man sieht in der Ferne

Wie das Weltenrad sich in den Wolken dreht
Sternbilder steigen auf und gehen unter
Zeit
Vergeht
Die Erscheinung
Erlischt im Dunkel Windessausen
Stille
Musik war das die Stimme des Erzählers
Gütig stetig sanft o wie die Zeit verging
Es geschah was geschah
Geschichte
Durchbohrt
Gewaltig von granitenen Zacken von Gewalt
Taten
Ragen grell mir Entschichter der Geschichte Schönheit
In den dunklen dumpfen Baatz des Jetzt
Wo das Leben unter dem natürlichen Diktat
Zu leben lebt sonst nichts
Einzellergleich zwanghaft widerwärtig
Wahllos getrieben ohne Ziel
Lebt Leben jetzt immer ausweglos gut
Brechreiz Kreatürlichkeit jetzt rede ich
Ich rede ich
Keine Stimmen jetzt nur meine Stimme
Jetzt
Jetzt habe ich geschwiegen
Das war unaussprechlich jetzt
Schweigen
Jetzt immer
Unaussprechlich das gegenwartsgebeugte Wort
Ist ausgesprochen Lüge
Das ist das Problem der Rede
Zeit
Erklingt ein wahres Wort jetzt Klang erklang
Vorbei vorbei vorbei
Ich hörte Stimmen

Die Stimmen waren fort dann
Ich redete die Stimmen kamen wieder
Es war schon dunkel vielleicht war Nacht
Ich wollte von früher erzählen
Schweigen
Wochenlang
Schweigen kein Wort
Dagegen wollte ich was sagen
Ich war ein Kind muß ich erinnern
Wochenlang redete keiner
Kein Wort
Totschlägerschweigen
Gegen mich früher
Hölle der Kindheit jede Kindheit
Die Hölle
Da kamen Stimmen aus dem Schweigen
Stimmenlärm
Alles gelogen
Rede Unaussprechlichesaussprecherin
Wahrheitsgaskammer Theater
Ruhe Ruhe
Ruhe
Ich kann das nicht mehr ertragen
Mich ich kann mich nicht mehr ertragen
Ich wollte von früher erzählen
Was mich verrückt macht
Ich will etwas sagen
Dauernd redet es dazwischen
Machen sie Licht
Ich machte Licht
Mögen sie
New York
Was heißt New York
Und wie fühlen sie sich jetzt
Wie fühlt man sich mein Gott sagte ich
Was sind denn das für Fragen

Man verhört mich
Ist das ein Verhör
Wie ich mich fühle was ich mag
Und Licht
Was empfinden sie beim Hören von Verhör
Sind sie manchmal einsam
Was sagt ihnen Wien
Löschen sie das Licht
Ruhe sagte ich Belästigung
Stumpfe Fragerei
Man ist ein Abgrund es ist Nacht
Das ist die Lage
Seit paar tausend Jahren
Sind sie also Pessimist
Lieben sie Europa
Sind sie krank
Am Gemüt
Oder wo
Woher kommt das
Gute Frage
Warum verhört man mich
Sie fühlen sich also in die Enge getrieben
Ich wollte von früher erzählen
Sie geben also ihre Schuld zu
Familientotschlagsschweigen eine Kindheit lang
Hirnlärm Vernichtung denkt es seit es in mir denkt
Hirnlärm
Sie klagen also an
Es gibt keine Instanz
Zu hören irgend jemands Klage
Was über meine Verhältnisse geht
Perspektivisch philosophisch kräftig
Im Sinn von betreffend die Kraft gerade die Kraft
Die mich übersteigt also zerstört
Bringt mich zu mir
Nur was mich übertrifft

Bin ich
Schwäche Dummheit Selbstmißgunst
So nicht nicht mit mir sage ich mir unablässig
Alles weniger als zu viel ist Sünde an den eigenen Jahren
Mein Leben ist die Politik natürlich die alte
Geschichte ich bin Historiker muß ich erinnern
Ziemlich bedrückt deshalb immer
Außer Atem die Jahrhunderte
Von mir beatmet ununterbrochen
Alte Zeitungen neue die neuesten Blätter
Sind mir heute niemals neu genug
Morgens lese ich so die heutige als gestrige
Geschichte Sturz der Zeit
Hinunter hinunter
Töterin Fort und fort Schreiterin über alles hin
Zeit
Schichterin Geschichte Fortschritt
Ich war glücklich
Sagte oft eine seltsam helle Stimme
Lüge sagte ich verzweifelt denn ich war verzweifelt
Ich war glücklich hieß es immer wieder Lüge sagte ich
Und ich wußte nichts vom Vergehen der Zeit
Mörderin herrliche schwere greise Steinin
Einzige Täterin Ozean
Heldenmutige alles gleich gültig gleich
Macherin Zeit gütigste
Vernichterin jubelsingendste Fortschreiterin
Weiseste alles gut Bewahrerin
Kriegerischste Kriege Kriegerin
Fleißigste Geschichte Schichterin
Arbeitendste liebste Pfeilin
Einzige
Geliebte
Revolution
Stille
Trat nach Stille ein

Ich bin nämlich Arzt muß ich sagen
Ich gehe vom Menschen aus bei der Betrachtung der Welt
Ich stehe unter Aufsicht
Alles bisher Geschehenen
Großartige mich zu Dreck drückende Last
Die ich lieber schleppe als granitsteinfrei morgig
Als Gesternverächter hoch aufgerichtet zu gehen hirnlos
Als Utopie Idiot
Der aufrechte Gang ist eine Lüge
Die Erde hält uns zu Boden
Die gute alte Zeithaberin
Alle Wunden Trägerin
Wissenschaft
Der Geschichte ist als Zeitwissenschaft
Musikwissenschaft Momentspezialismus
Manchmal liegt Durst vor wenn Hände zittern
Ein Beben regelmäßig Schläge eines Metronoms
In der Brust Angst Durst Gruft
Der Gaskammertod ist auch nicht schlimmer
Als jeder andere Tod für die Toten
Denn die Lebenden müssen die Toten tragen
Und nicht der Tod das Leben
Kann man die Grundlagen untersuchen
Kann man damit etwas ändern
Wie eintreten für den Kampf
Der werktätigen Klasse
Alles für den Sieg ausrufen
Das tun was zu tun ist
Jetzt
Ist die Füllfederhalterhalterfaust auch
Eine Faust
Konsequent im Kampf
Die Darstellung des Lebens
Der Massen des Volkes in der Wirklichkeit
Ist die Militanz der Wahrheit auch beweisbar
Ist die Leistung der Revolution nicht die Revolution

Die Revolution ist ein Umsturz
Durch den die Klasse der Ausgebeuteten
Die Klasse der Ausbeuter stürzt
Sondern die revolutionäre Ordnung der Revolution
Ist die Exekution der Revolution revolutionär
Die Diktatur des Proletariats
Die Unterdrücker unterdrücken
Den Staat liquidieren
Alle Macht den Räten
Ist Menschlichkeit möglich
In einem so unerhört wütenden Kampf
Schüsse fielen eine Kugel zerschlug die linke Schulter
Eine zweite durchbohrte die Spitze der Lunge
Ich fühlte einen ungewöhnlichen Zustrom
Von Energie und Kraft
Schnellstens alles säubern
Sogleich wieder an die Arbeit
Alle setzten alles ein das Leben
Das Ereignis schafft den Raum
Wo nichts ist tritt man hin
Wo man hin tritt
Wird Boden
Man ist nicht sicher
Aber man hat sich gewappnet mit Mut
Man ist nicht schlauschlau aber nicht dumm und ein Ozean
Der Melancholie nicht überlassen lässig der Trauer
Man ist die Kugel nicht die Waffe
Der Treffer nicht Kimme und Korn
Man ist Titan Meer göttlicher Tränen nicht Diamant
Man ist nicht gut aber besser nicht gut genug
Aber die Ambition das Höchste vor Augen
Ist die Kunst des Vergleichens stumm
Selbstkritik brüllend laut Exekution
Der Feinde Säuberung etwa der Partei
Spaltung zuinnerst
Gilt im Festungskrieg der Kampf der Zeit

Monolithische Einheit absolutistische Strenge Exekution
Des Willens der werktätigen Massen die Revolution
War nämlich Staat geworden
Der Gesang der Partei
Mir aber schwindelt scheint mir
Luft braust durch meine Adern
Oben drückt es von unten
Gegen das Gehirn
Es quillt in mir
Dumpf ein Überdruck
Feuer lodern auch
Blutig blutet Blut
Durch den Himmel
Fährt ein Sturm
Tonlos aber
Jagt alles da hin
Lautlos flüstere ich
Ich flüstere
Ich habe Angst
Wer da
Ich allein
Ich nur ich
Es schreit aber
Schreie scheint mir
Irgendwo fern
Wer schreit
Wer da
Alles stumm
Brodelnde Flut
Giftige Schlucht
Mein Kopf ein Eiterloch
Stinkender Schleim mein Hirn
Riß durch die Welt ich
Ewig verflucht
Nichts geschieht
Trommeln dröhnten in der Nacht

Befehl aus Moskau den Kaiser frei zu lassen
Atomphysik in Leipzig in Wien Musik und Philosophen
Und Bücher in Triest und in Paris und in München Hitler
Begeisterung ein neuer Krieg schon wieder
War der Frühling da Leichenhaufen blühten in der Sonne
Frühe Knospen in den Bäumen
Hingen manchmal tote Menschen
Rauchten verbrannt aus Schornsteinen
Lagerleben Lampenschirme Todeskonzentration
Für immer fort hinunter
Ein heißer Sommer
Es war schon wieder dunkel
Und da stand der Mond
Stimmensturm Gestirn
Wau wau
Ein Hund hat mir gebellt
Auch Eiter stinkt
In einer Nase
Fetzen nichts als Fetzen
Ich wollte von früher erzählen
Dieser Bunker ich
Der Durst die Angst
Die Wände neigen sich mir zu
Rücken rum
Außerordentliche Stille
Alles weiß
Der einzige Klang ist innen
Der innere Klang
Schwarz schreit das Firmament
Der Hirnhaut äußerster Rand
Ist unüberschreitbar
Morast verfault
Wau wau
Wau wau
Ist da wer
Jault in mir das Leben

Von Jahrhunderten
Wie alles abfällt von einem nach ein paar Bier
Bellende Hunde Gestirne Hirne die Eiterfluten
Der Geschichte aber aus dem heroischen Kampf
Ihrer spanischen Brüder hat die internationale
Arbeiterklasse neue Kraft geschöpft
Greuel der Selbstzerfleischung dann
Der Faschismus man fragt sich
Wie hat man das ertragen
Eine Kindheit lang kein Tropfen
Hualp
Hualp
Man übergibt sich manchmal
Bei Brechreiz
Was stinken kann
Schön getrunken werden muß
Die ganze Welt
Vernunft regiert
Die Welt des Trinkers
Ist eine Welt der Konsequenz
Abbruch
Berichtigung des Fehlers
Unzurechnungsfähigkeit
Konzentrationskonsequenz Katastrophalitätsexistenz
Konstitutionell Isolationsobsession
Konsequenzalkoholismus
Destruktionsdissonanz
Harmonieungeduld
Undsoweiterundsofort
Obsessionsstumpfsinns durchrülpste Eiterbeule
Kopf
O Gram
Gesicht

V. Der Zorn
Orbis Sensualium Pictus

1.

trunken, fast
selig, im frühesten Licht

SOLDAT
Sollen wir noch weiter
MÄDCHEN
Gehen ist schön jetzt
SOLDAT
Ja
MÄDCHEN
Oder wir können uns auch auf die Bank da setzen
SOLDAT
Mensch, die Vögel, Wahnsinn, der Morgen, und der Himmel
MÄDCHEN
Oder wir gehen noch weiter
SOLDAT
Ja, noch gehen, schön jetzt, gehen
MÄDCHEN
Ja, stimmt
SOLDAT
Und warum hast du mich vorhin an der Hand genommen
MÄDCHEN
Weil so laut war im Bsirrs
SOLDAT
Stimmt
MÄDCHEN
Zum reden
SOLDAT
Ja
MÄDCHEN
Da jetzt hinsetzen

Soldat
  Genau
Mädchen
  Die Musik war so laut
Soldat
  Was machen die anderen
Mädchen
  Ach was
Soldat
  Und was haben wir geredet vorhin
Mädchen
  Ich hab dir von mir erzählt, von früher
Soldat
  Ich glaube, ich bin schon betrunken
Mädchen
  Beide aber, bißchen
Soldat
  Ich schon mehr als bißchen
Mädchen
  Ich aber auch
Soldat
  Ist aber schön
Mädchen
  Ja
Soldat
  Ein irrer Abend
Mädchen
  War schön
Soldat
  So viel
Mädchen
  Genau
Soldat
  Wahnsinn
Mädchen
  Und jetzt sitzen wir hier

SOLDAT
Ja, und die Luft jetzt, wie das riecht
MÄDCHEN
Walpurgisnacht
SOLDAT
Was Walpurgisnacht
MÄDCHEN
Halt heute, die Nacht zum ersten Mai
SOLDAT
Stimmt, Tag der Arbeit morgen
MÄDCHEN
Nein, heute
SOLDAT
Nein, morgen, heute ist erst, wenn man geschlafen hat
MÄDCHEN
Jedenfalls, heute nacht, Hexentreiben
SOLDAT
An sowas glaub ich nicht
MÄDCHEN
Ich auch nicht
SOLDAT
Ich auch nicht
MÄDCHEN
Oder ich ein bißchen
SOLDAT
Ich nicht
MÄDCHEN
Ist auch schon vorbei jetzt
SOLDAT
Wie schnell das hell wird
MÄDCHEN
Ja
SOLDAT
Und die Farbe da am Himmel
MÄDCHEN
Du zitterst ja

SOLDAT
Vielleicht bin ich nur müde
MÄDCHEN
Ja, ich auch
SOLDAT
Oder mir ist kalt
MÄDCHEN
Du bist vielleicht dürr, an der Brust
SOLDAT
Oder weil es zu schön ist
MÄDCHEN
Ja
SOLDAT
Vielleicht
MÄDCHEN
Nicht zittern
SOLDAT
Nein
MÄDCHEN
Ja
SOLDAT
Jetzt gehen
MÄDCHEN
Genau, laß uns gehen
SOLDAT
Ja, gehen wir zurück jetzt
MÄDCHEN
Komm, gehen wir zurück
SOLDAT
Ja, zurück

2.
Discours de la méthode

STAMMHEIMER
Ich glaub ich

Stockhausen
Ich auch
Stammheimer
Ich glaub ich nimm noch eins
Stockhausen
Ich auch noch eins
Stammheimer
Wir kriegen noch ein Bier also zwei Bier
Stockhausen
Bier ist Klasse
Stammheimer
Darauf trinken wir einen
Stockhausen
Trinken ist Kampf, Bier ist Klasse, Biertrinken
Stammheimer
Klassenkampf, Prost, auf uns
Stockhausen
Auf uns, Bier ist Bier
Stammheimer
Auf uns, Bier ist Bier, ohne Bier
Stockhausen
Delir
Stammheimer
Ohne Kampf
Stockhausen
Mampf
Stammheimer
Prost, auf uns
Stockhausen
Auf uns, auf Ohne Bier
Stammheimer
Delir, Prost
Stockhausen
Prost
Stammheimer
Hoch die

STOCKHAUSEN
Hoch die
STAMMHEIMER
Aber immer
STOCKHAUSEN
Aber immer
STAMMHEIMER
Wo bleibt eigentlich der Rest
STOCKHAUSEN
Keine Ahnung
STAMMHEIMER
Darauf trinken wir einen
STOCKHAUSEN
Auf die anderen, hoch die anderen
STAMMHEIMER
Hoch der Rest
STOCKHAUSEN
Prost Prost
STAMMHEIMER
Prost
STOCKHAUSEN
Prost
STAMMHEIMER
Ach, Harald
STOCKHAUSEN
Mensch, Bubi
STAMMHEIMER
Juhnke nachts
STOCKHAUSEN
Bei Bubi, Mensch, Bubi
STAMMHEIMER
Ach, Harald, sprechen wir nicht
STOCKHAUSEN
Sprechen wir nicht über Helga
STAMMHEIMER
Sprechen wir über die guten alten Zeiten

Stockhausen
Hoch die guten alten Zeiten
Stammheimer
Auf die guten alten Zeiten
Stockhausen
O Mann, ich
Stammheimer
Ich auch, ich
Stockhausen
Ich kann nicht mehr
Stammheimer
Ich auch
Stockhausen
Darauf trinken wir einen
Stammheimer
Aber immer, Prost
Stockhausen
Prost, ich
Stammheimer
Ich auch, Prost, ich
Stockhausen
Prost
Stammheimer
Prost
Stockhausen
Ich glaub ich
Stammheimer
Ich auch
Stockhausen
Ich, äh
Stammheimer
Ich

3.
Das Weltall in Frage und Antwort

Chorführender Bürger
Sieg.
Chor der Bürger
Heil.
Chorführender Bürger
Sieg.
Chor der Bürger
Heil.
Chorführender Bürger
Sieg.
Chor der Bürger
Heil.
Chorführender Bürger
Sieg.
Chor der Bürger
Heil.
Chorführender Bürger
Sieg.
Chor der Bürger
Heil.
Chorführender Bürger
Sieg.
Chor der Bürger
Heil.
Chorführender Bürger
Sieg.
Chor der Bürger
Heil.
Chorführender Bürger
Sieg.
Chor der Bürger
Heil.
Chorführender Bürger
Sieg.

Chor Der Bürger
Heil.

4.

Vorüber! Ach, vorüber
Geh wilder Knochenmann!

Sehr Trauriger Bürger
Und wer zählt die Toten. Der Mensch ist nicht erziehbar. Schön ist, das Böse zu feiern, und stark und böse. Die Tränen der Geschichte, den Opfern der Geschichte hinterher geweint, sind schon vertrocknet, Salz, bevor sie überhaupt geweint sind. Nichts nützt nichts. Der Schmerz ist unermeßlich groß, größer ist das neue Leben, immer neu, besinnungslos vital, mörderisch. Wohl klingt die wohlklingende Parole der Zuversicht dem notwendig stets hoffenden weltwunden Ohr der Sehnsucht. Es lebe die Revolution. Es lebt einzig der Tod. Alles für den Sieg. Die Welt ist ein Dreck, unabänderlich. Arbeit macht frei. Die Wahrheit ist die Hölle.

5.

Und brennen ließ sie ihm
aus Helm und Schild ein unermüdliches Feuer

Der Todesschrei
gellt in die Stille.

Flüsternder Bürger
Angeblich, heißt es, wird man jetzt schon umgebracht, wenn man, ja was, man weiß es nicht, Gerüchte, dummes Zeug letztlich, Latrinenparolen, man sperrt die Ohren auf, gut, man hört allerhand, aber man weiß nichts gewisses, man glaubt schließlich, ich meine, das wäre ja Quatsch, man kann ja nun nicht alles glauben, was man hört.

Noch Flüsternderer Bürger
Früher ist man wenigstens noch erschossen worden, oder öffentlich guillotiniert. Heute hört man gar nichts mehr, das ist

das komische, diese Stille, eigentlich angenehm, aber so spurlos, das ist das unangenehme. Man fängt sogar schon an zu flüstern, im grunde ohne Grund.

FLÜSTERNDER BÜRGER

Höchstens Schreie manchmal, daß was schreit, eine Frau oder so was, vielleicht, daß eine geprügelt wird, aber sonst, nichts, man hört sich um, komische Gerüchte, wie gesagt.

NOCH FLÜSTERNDERER BÜRGER

Es sollen auch schon welche verschwunden sein, angeblich, angeblich spurlos.

FLÜSTERNDER BÜRGER

Was komisch klingt, was soll das heißen, spurlos, mein Gott, kann man das glauben, fragt man sich, aber neulich, da haben sie einen gefunden irgendwo, im Freien, aber nicht in einem Park, auf einer Straße, mitten in der Öffentlichkeit, der soll da gelegen haben, mit eingeschlagenem Schädel, angeblich total zertrümmert, das Gesicht nach unten auf dem Trottoir praktisch noch ganz, aber von hinten, vielleicht ein Vorschlaghammer oder so, da wäre das Hirn auf der Straße gelegen, neben der Haut, ein Glatzköpfiger angeblich, und als wäre in den schon zertrümmerten Schädel und in das Hirn noch mehrfach mit diesem Hammer hinein geschlagen worden, so soll das alles verspritzt gewesen sein, hat es geheißen, gut, auch ein Gerücht, aber so was glaubt man schon eher, als irgendwelche Gerüchte, ich zumindest.

NOCH FLÜSTERNDERER BÜRGER

Unheimlich ist das, das ist ja noch unheimlicher, diese Drastik zur Tarnung. Wie soll man sich das anders erklären. Absichtliche Spuren, übertriebene Leichen, schließlich ist langsam alles möglich, oder spinnt man jetzt schon selber. Oder diese Schreie, absichtlich solche Schreie, ein Gebrüll, vielleicht zur Ablenkung, bloß von was, da wird etwas verschwiegen, aber was. Vielleicht was viel was Fürchterlicheres.

6.
Meditationes

HEIDEGGER
Sieg Heil, ihr Penner, alles klar, oder was, was geht ab, Flaschbier oder was

STOCKHAUSEN
Mensch, da isser ja, da isser ja endlich

STAMMHEIMER
Mensch, Mann, darauf trinken wir jetzt aber einen, aber sauber

STOCKHAUSEN
Wir sind nämlich schon sauber abgefüllt

STAMMHEIMER
Aber sauber voll bedient

STOCKHAUSEN
Aber das baut uns jetzt aber nochmal sauber auf

STAMMHEIMER
Aber darauf trinken wir jetzt einen, Mann, daß du noch kommst

HEIDEGGER
Aber immer, logisch

STAMMHEIMER
He, Bölkstoff ist alle, sag mal was ist denn da los

STOCKHAUSEN
Kommt ja schon, kommt ja schon

STAMMHEIMER
Darauf trinken wir einen, aber sauber

HEIDEGGER
Aber immer

STOCKHAUSEN
Prost Leute

HEIDEGGER
Prost ihr Penner Prost

STAMMHEIMER
Prost ihr Ärsche

STOCKHAUSEN
Auf den Führer

HEIDEGGER
Auf den Führer
STAMMHEIMER
Ein Volk ein Reich ein Bier
STOCKHAUSEN
Kein Delir
HEIDEGGER
Sieg Heil
STOCKHAUSEN
Beeil
STAMMHEIMER
Heil Hitler
STOCKHAUSEN
Ermittler
STAMMHEIMER
Darauf trinken wir einen, Prost
STOCKHAUSEN
Prost
HEIDEGGER
Prost ihr Penner Prost
STAMMHEIMER
Prost
STOCKHAUSEN
Prost
HEIDEGGER
Prost

7.
Leere, Gnade, Licht

FÜNFJÄHRIGER MÄNNLICHER BÜRGER
Die Welt ist eine Kloake.
Der Mensch ist eine zerrissene Kreatur.
Finsternis herrscht.
Alles ist Dreck.

8.
Paisley Park

GEHENDER BÜRGER

Fürchterliche Jahreszeit, das jetzt hier, dieses Licht, Tagesanbruch mitten in der Nacht noch, jedes Jahr wieder, Frühling, lächerlich, wie soll man da schlafen als normaler Mensch, treibt es einen raus, Lästigkeit, unvermeidlich, immer noch besser hier gehen jetzt, als zwischen drei und sieben schlaflos im Bett zu liegen, da ist der Tag schon ruiniert, bevor er überhaupt angefangen hat, so natürlich auch, aber anders, man faßt zumindest einen klaren Gedanken, alles ist falsch gewesen bisher, es gibt kein Zurück, heute ist heute, guten morgen Morgen, was macht die Linde, der Grashalm, die Pfingstrosenknospe, das ist das allerschlimmste an dieser Zeit, man selbst ist eine Stagnation schon seit Jahrzehnten, und hier draußen ist jeder Dreck ein frischer Trieb, gut gut gut sagt man sich, das ist alles ziemlich fürchterlich, aber aber undsoweiter, im Bett hingegen, egal, ich glaube ich kehre langsam um, wieviel Uhr ist es jetzt eigentlich, hallo Sie, umgotteswillen, was ist denn das, da hängt ja einer oder wie, mitten im Baum, verkehrt herum, an den Füßen aufgehängt und nackt fast scheints, ein Exhibitionist vielleicht, kann auch nicht sein, der ist ja gefesselt mit den Händen auf dem Rücken, und aber ein Stock oder was durch die Ellenbeugen oder wie, scheußlich, wie der da hängt, scheints wirklich tot, mitten im Baum, auch so fahl, an der ganzen Haut, unangenehme Farbe das, nein, der weiß nicht mehr wieviel Uhr es ist, muß man wohl die Polizei verständigen vielleicht am besten, geht einem der ganze Tag drauf dann, wahrscheinlich, oder bewegt der sich doch noch, oder ich, oder baumelt der wirklich, schwer zu sagen, je näher man kommt, umso fahler sieht der aus, tot, eindeutig, offene Augen, auch das noch nee also danke, stumpf gequollene Augäpfel, den muß man wohl abnehmen, irgendwer, die Polizei verständigen oder was, oder die Rettung oder die Feuerwehr oder wen,muß ja vielleicht bloß wiederbelebt werden der, man kennt sich ja nicht wirklich aus, schließlich, mit solchen Leichen da, woher auch, am Schluß hat man was versäumt, wenn man die Polizei nicht gerufen hat, wer weiß, man könnte schließlich auch gar nicht vorbeigekommen sein hier, was wahrscheinlich das beste wäre, aber nicht mehr rückgängig zu machen blöderweise, dumme Geschichte, Lästigkeit, der blöde Spaziergang, der ganze Tag ruiniert, Gekreuzigter, falscher Schächer falscher.

9.

übrigens ganz was anderes gestern
im dings im fernsehn Algebra Der Reifen Früchte

KNALL DICHTER BÜRGER

Dies gelingt ihnen, indem sie ohne jeglichen Zierat, Wirklichkeiten bauen, er ist in den Möbeln ebenso zu sehen, in den Häusern, er geht über den Möbeln hinaus, bis zu den Eßbestecken, bis zu Gabeln, und Messern, und schreibt auf, künstlerische Weise, Verhalten vor, Beschlag vor, wie es jeder intensive Stil, immer gemacht hat, und der Jugendstil ist ja keine Ausnahme, als ich hier nach dings herkam, war es für mich einer der, ersten und, stärksten Eindrücke, ein unübersehbarer Eindruck, der sich bis heute, gehalten hat, und sie hat sehr viel mit meinem Leben zu tun, über die Jahrzehnte, bis heute, ich war, sehr früh Mitglied, dieser Akademie, habe in ihr, in den verschiedensten Positionen zu arbeiten versucht, darunter auch als, Präsident der Einrichtung, der Institution, aber, das ist das eine, das andere ist der, Bücherpreis, unser, wichtigster Literaturpreis, der, bis heute, an Wichtigkeit überhaupt nicht, verloren hat und jedes Jahr, vergeben wird, über die Jahrzehnte jetzt, dies hält in Spannung, das äußere, wie das innere Leben, der Akademie, jedenfalls hält sie mich, bis heute, in Spannung, das Gefühl von Wörtern im Kopf, sie werden älter, und wenn sie noch zuhören könnten, das, ist, Leben, es, geht weiter, Leben wird so, gelebt, eine, na, türliche, Sache, die Fragen und Antworten und sogar nichts, hören, verstehen, sie, sie verstehen nicht zuzuhören und zu, behalten, was, gesagt wird, vielleicht, eine, Kunst, ist eine Art, Gegendarmstadt, kaum Jugendstil, keine Schnörkel, kein,

Zierat, sondern strenge Form, Vorbild, des, künstlichen, französischen, Gartens, hoch kunstvoll auf andere Weise, als, auf geometrische Weise, als der schon erwähnte Jugendstil, man gewinnt hier, Einblick und, Überblick in eine Art Gartengeometrie, und, Al, gebra als, Da, seinsäußerung, als, Äußerung der, Gartenarchitekten, als Gesinnung eines ganzen Zeitalters, in dem man, den englischen Garten, noch nicht, be, vorzugte sondern eben, die Rabatte, das, Boskett, die kleine, genau konzentrierte Farbkomposition, die, Über, raschung, der, Form, eines Baumes, die, Schatten, fallen, hier, anders, als, die, Jugendstil, schatten, sie sind, so streng, wie man es sich wünscht, daß es hier die Besucher, sind, genau beobachtend, und, eines vor Augen, habend, mir fällt eigentlich nur das französische Wort, clarté ein

KLARER BÜRGER

Sag ich doch immer, dumm fickt gut, senil erst recht.

10.
Letzte Meldung

MELDENDER BÜRGER

Unbekannter Mann sägt in Rödenburg, Kreis Coburg, nachts junge Bäume in Augenhöhe ab.

11.
At the height of the fighting, hey la ho!

ERSTER SOLDAT

Der ist hinich, der ist hinich.

ZWEITER SOLDAT

Kopfschuß.

DRITTER SOLDAT

Säuberung kommt vor, Dienst am Fortschritt.

VIERTER SOLDAT

Der sagt nichts mehr, sag ich noch, da fängt der zu winseln an, hab ich paar mal in den rein geschossen, ins Gesicht.

FÜNFTER SOLDAT

Man muß sie nur schlagen, schlagen und nochmals schlagen, bis die Wahrheit kommt.

SECHSTER SOLDAT

Ein Kopfschuß muß nicht tödlich sein.

SIEBENTER SOLDAT

Ich brauche nur meinen kleinen Finger zu rühren, dann sind die alle einen Kopf kürzer, alle.

ACHTER SOLDAT

Manche ziehen sich einen Schiefer ein und sterben an Blutvergiftung.

NEUNTER SOLDAT

Der Sieg schreibt die Geschichte.

ZEHNTER SOLDAT

Schon vor dem Krieg hat seine Frau sich umgebracht.

ELFTER SOLDAT

Hinrichtung kann helfen.

ZWÖLFTER SOLDAT

Die Frau ist ein minderwertiges Wesen.

ERSTER SOLDAT

Gebet und Wille sind der Todfeind der kämpfenden Truppe, was einzig zählt ist Vollstreckung, Tat.

ZWEITER SOLDAT

Was man denkt, ist ein Kauderwelsch, wie der Hirnorganiker beweist, das Hirn ein Dreck.

DRITTER SOLDAT

Im Inneren der Festung tobt die entscheidende Schlacht, Ausfall, Angriff, Sieg, Vernichtung folgen von selbst.

VIERTER SOLDAT

Hoffnung schwächt.

FÜNFTER SOLDAT

Der Wille des Volkes ist im Diktator vollstrecktes großes Diktat.

SECHSTER SOLDAT

Der Verräter kommt nicht mit der Waffe, sondern mit dem Kuß, er ist immer da, aber er richtet sich selbst mit dem Strick.

SIEBENTER SOLDAT
Wenn das der Führer wüßte.
ACHTER SOLDAT
Regenfluten schwemmten das Erdreich fort, in den Gräben kamen Tote zum Vorschein, vorläufig nur mit den Beinen.
NEUNTER SOLDAT
Der Krieg um die innere Linie ist der äußerste Krieg.
ZEHNTER SOLDAT
Renegaten und Abweichler stehen an der Wand, Salven krachen.
ELFTER SOLDAT
Blitzkrieg, Gemütlichkeit, Angst. Viele gingen ins Gas.
ZWÖLFTER SOLDAT
Es gibt keinen Prozeß, jeder Prozeß ist Schauprozeß.
ERSTER SOLDAT
Nieder mit dem Kreuz.
ZWEITER SOLDAT
Eloi, eloi, lama sabachthani.
DRITTER SOLDAT
Am Ende ist jeder am Ende, man traut niemandem mehr, am wenigsten sich selbst.
VIERTER SOLDAT
Kontrolle ist alles, ohne Kontrolle ist alles nichts.
FÜNFTER SOLDAT
Folter muß sein.
SECHSTER SOLDAT
Tausend Tote ist ein Witz, nur ein Toter ist wirklich tot.
SIEBENTER SOLDAT
Das Denkmal der Größe muß zertrümmert werden, daß die Geschichte es neu errichten kann.
ACHTER SOLDAT
Die Geschichte ist fortgeschritten, bis heute, das ist die kosmische Zentralfürchterlichkeit.
NEUNTER SOLDAT
Dann legt man an, schießt.

ZEHNTER SOLDAT
Dann ist schon wieder einer hinich.
ELFTER SOLDAT
Man will nur eines, endlich Ruhe.
ZWÖLFTER SOLDAT
Jeder Augenblick ist mein letzter. Es eilt.

12.
Wir Müssen Durch Viel Trübsal

WEIBLICHER BÜRGER
Die Frau
Ist ein Loch
In der Schöpfung
Ein Nichts
Sonst
Nichts.

13.
Gloria

CHORFÜHRENDES MÄDCHEN
Welt ist weg
Das Theater ist der Ort
Der Welt nicht hat
CHOR DER MÄDCHEN
O Theater
Weltnichthaberort
CHORFÜHRENDES MÄDCHEN
Das Theater ist der Ort
Der Vernichtung der Wahrheit
CHOR DER MÄDCHEN
Wahrheitsvernichterort
Theater
CHORFÜHRENDES MÄDCHEN
Das Theater ist der Ort

Der Geschichte nicht kennt
CHOR DER MÄDCHEN
Geschichtenichtkennerort
CHORFÜHRENDES MÄDCHEN
Ort des Augenblicks
CHOR DER MÄDCHEN
Augenblicksort
CHORFÜHRENDES MÄDCHEN
Dummheitsort
CHOR DER MÄDCHEN
Dummheitsort
CHORFÜHRENDES MÄDCHEN
O Theater Ort
Der Zusammenrottung der Hirnlosen
CHOR DER MÄDCHEN
Hirnlosezusammenrottungsort
CHORFÜHRENDES MÄDCHEN
Nichtdenkenort
CHOR DER MÄDCHEN
Dummheitsort
CHORFÜHRENDES MÄDCHEN
Folterort
CHOR DER MÄDCHEN
Schreiort
CHORFÜHRENDES MÄDCHEN
Tunort
CHOR DER MÄDCHEN
Tunort
CHORFÜHRENDES MÄDCHEN
Mordort
CHOR DER MÄDCHEN
Mordort
CHORFÜHRENDES MÄDCHEN
Totort
CHOR DER MÄDCHEN
Totort

Chorführendes Mädchen
O Theater
Versunkene Spitze des Eisbergs der Zeit
Chor der Mädchen
O Theater
Chorführendes Mädchen
Ort der Abstraktion
Chor der Mädchen
Abstraktionsort
Pfui Pfui
Chorführendes Mädchen
Ort des Geiststumpfsinns
Chor der Mädchen
Geiststumpfsinnsort
Theater
Chorführendes Mädchen
Musikseinwollerort
Chor der Mädchen
Musiknichtseierort
Chorführendes Mädchen
O elendes Theater
Ort der Flucht
Chor der Mädchen
Fluchtort
Theater
Chorführendes Mädchen
Materialschlachtort
Chor der Mädchen
Pfui Pfui
Materialschlachtort
Chorführendes Mädchen
Das Theater ist der Ort
Wo keiner Denken kennt
Chor der Mädchen
Keindenkenkennerort

Chorführendes Mädchen
Ort der Nichtstrenge
Chor der Mädchen
Nichtstrengeort
Chorführendes Mädchen
Schlabberort
Chor der Mädchen
Schlabberort
Chorführendes Mädchen
Ort der Weiber
Chor der Mädchen
Weiberort
Chorführendes Mädchen
O fürchterlicher Ort
Des ununterbrochenen Vergessens der ununterbrochenen Lüge
Chor der Mädchen
Pfui
Pfui
Chorführendes Mädchen
Das Theater
Ist ein Satz
Aus
Steller
Ort
Chor der Mädchen
Satzausstellerort
Satzausstellerort
Pfui Pfui
Chorführendes Mädchen
Bäh
Bäh
Chor der Mädchen
Pfui
Pfui.

14.
gewimmer und firmament

Klage Führender Bürger

In Wahrheit ist man selbst natürlich auch nicht dümmer. Man sagt dieses und meint jenes. Mal ist es die pure Lust am Widerspruch, oft strategische Notwendigkeit. Dann ändert sich eine Kleinigkeit, und alles stimmt nicht mehr. Man weiß, daß nichts anderes zählt, als der Gedanke an den Tod, und man verliert sich vorsätzlich ans Leben. Man schaut den Himmel an und hört alle Fragen. Man ist ein Schmerzknoten. Dann platzt Gelächter aus einem hervor. Woher? Alles ist Wissenschaft, was nicht beweisbar ist, ist ein Witz, wo Klarheit fehlt, ist alles Dreck. Dann sagt jemand etwas klipp und klar, man weiß, der hat recht, aber man hört in sich nur Hohn und Haß. Lüge, schreit man. Man ist imgrunde ein alles bejahender Mensch. Dann schaut man an, was andere machen, und ist wieder besessen von der alten existenzverschlingenden Neinlitanei. Alles ist einem falsch, weil es besser sein könnte. Also tut man alles nicht, Resultat, Agonie. Vor lauter Angst ist man ein sein Leben im Nichtstun also Verzweiflungsbett gelähmt verbringender Mensch. Man ist ein Haß auf sich selbst, wie auf niemanden sonst. Dann steht man auf und erschlägt alle Bösen. Man läßt sich nichts vorschreiben, lächerlicherweise, schon gar nicht das eigene Tempo, die eigenen Sprünge, man ist ihr Opfer, wie man der Knastbewohner des widerwärtigen eigenen Körpers ist. Man ist ein Körperbesessener, ein die Körper Studierer. Blitzartig sieht man den Zentralmakel, brüllend muß man darauf zeigen. Auslöschen, Vernichten, ist der einzige Gedanke. Man will eine einzige Vorschrift für alle sein. Plötzlich denkt man Theater. Man riecht nur den Geruch. Man ist ein Feuer. Man ist der Hingerissenste. Alles fällt einem wieder ein, schon ist man nur noch ein Schwächeklumpen. Was auf der Bühne geschieht, ist schon vor Beginn der Ruin, weil es immer zu lange dauert. Zeit, schreit man, so laut man kann, ihr Idioten, wenn ihr nichts wißt von der Zeit, wißt ihr nichts von der Bühne. Ein Stück dauert eineinhalb Stunden, Summasummarum, länger nie, fünfundvierzig Minuten vor der Pause, eine halbe Stunde nach der Pause aus. Vieles geschieht gleichzeitig, vielfach sich überlagernde Perspektiven, unüberschaubar simultan, zugleich offenbar planmäßig, der Ablauf des Geschehens. Die Bühne ist das letzte, aber wenigstens das Leben. Keineswegs versteht man alles. Ein Stimmengewirr ist da. Alles ist immer zu viel, das schon, eine Zumutung, aber nie zu lang. Man denkt an alles. Man ist die Angsteiterbeule des Kosmos. Das Schweigen ist stumm. Vergessen ist alles. Erdrückt schiebt man sich auf der Kruste der Erde voran. Was man nicht denkt, kann man nicht vergessen. Ununterbrochen ist Krieg, sich zu errichten, für einen Augenblick.

15.

Immer unten reinhaun,
Herr Fähnrich, oben fällt der Dreck von selbst

JUNGER SOLDAT
Dann hält man den Atem an vor Angst, das ist das Schönste.

WEISER SOLDAT
Ja, wir sind Glückliche, da ist ein Graben, in den wir uns dukken können.

JUNGER SOLDAT
Dumpf der Abschuß, dann ein pfeifendes flatterndes Geräusch in der Luft.

WEISER SOLDAT
Da steht ein hoher alter Baum, der uns voller Kraft und freundlich bittet, unter ihm zu ruhen.

JUNGER SOLDAT
Es kracht eine Mine, reißend, hinterlistig und gehässig.

WEISER SOLDAT
Halten wir Rast, sind wir glücklich, sind wir glücklich, sind wir klug.

JUNGER SOLDAT
Drohung von allen Seiten, man könnte zerreißen vor Grauen und Furcht.

Weiser Soldat

Klug aber sind wir in ärgster Gefahr, so munter und frech wir da reden, so doch nur schmählich.

Junger Soldat

Da zerreißt die Angst selbst.

Weiser Soldat

Vielleicht mag der sanfte Wind, der so wohlriechend aus der Baumkrone auf uns nieder fällt, uns ermutigen zu wahrhaftigem Mut.

Junger Soldat

Das ist das Schönste, ich bin der Schrei, still, starr gebannt in einem um Luft ringenden Angst zerreißenden Riß in mir.

Weiser Soldat

Plötzlich ist da Wahrheit Rausch würdig rasend Zucht berauscht.

Junger Soldat

In dem Riß aber wimmert eine Stimme, ich.

Weiser Soldat

Und der Sehnsucht wachsen Flügel und sie schwingt sich auf zum Licht.

Junger Soldat

Da leuchtet der Horizont schon wieder auf, man springt zurück, in Deckung, nichts geschieht, dann kracht die nächste Mine.

Weiser Soldat

Ja, komm mit, mein Lieber, an meiner Hand, ich führe dich zurück.

16.
Babel

Liebender Bürger

Au
Au
Au
Ah

Ah
Aua
Nein
Nein
Ah
Ah
Aua
Aaaaaaaa.

17.
Freunde, weshalb nur ratschlagen die großen Götter

INTERESSIERTER BÜRGER

Sagen Sie, entschuldigung, wissen Sie eigentlich, äm, daß ich so blöd frage, aber ob Sie vielleicht wissen, wo dieser Wilhelm bleibt, und dieser Olli und der Dingsder, der, weil ich würde dann nämlich warten, wegen dem Ausgang, der mich interessieren würde, daß Sie mir da vielleicht irgendwie weiterhelfen könnten.

TORKELNDER BÜRGER

Piff Paff, Piff Paff Paff, Oi Oi Oi.

INTERESSIERTER BÜRGER

Nein, nur weil die vorhin doch in dem Lokal da drin waren, und jetzt sind die weg und ja, ich weiß auch nicht wohin, und ich, bloß deshalb.

TORKELNDER BÜRGER

Ja ja ja, Augen auf die Siegesfahne, sag ich immer, aber gute Frage das, sehr gute Frage.

INTERESSIERTER BÜRGER

Nein, Sie mißverstehen mich, das ist jetzt ein reines klares Mißverständnis, weil doch auch vorhin dauernd welche erschossen worden sind, bloß deshalb, wem das gilt und so, vor allem jetzt.

TORKELNDER BÜRGER

Wissen Sie was, soll ich Ihnen mal was sagen was, kommen Sie mal näher hier, dann sag ich Ihnen was.

Interessierter Bürger

Judenwitze sind auch vorgekommen, was eher stört, wenn Sie das meinen, oder was.

Torkelnder Bürger

Pst, brummende Kontrafagotte in mir, verstanden, was.

Interessierter Bürger

Was, wie, wieso was.

Torkelnder Bürger

Mit Gott für König und Vaterland, rumps rumps, für Deutschland wollen wir sterben, oi oi oi.

Interessierter Bürger

Nun schreinse mir doch nich so ins Ohr Mann Sie sinja wohl nich ganz dicht oder was. Man hat eine Frage nicht wahr, eine ganz normale, und prompt gerät man schon wieder an so einen Spinner an irgendeinen, der spinnt doch, wenn der nicht spinnt, muß man lassen, solche, den, muß man lassen.

Torkelnder Bürger

Brumm brumm innen, außen große Messer, schauen Sie schauen Sie, Dreiecke zwischen Arm und Rumpf, hören Sie, Rumpf Rumpf, stolpernd von Verbrechen zu Verbrechen.

Interessierter Bürger

Ja freilich freilich, vielen Dank auch für die Auskunft, aber, jessers jessers jetzt kommt er mit dem Messer kommt er daher, sinds doch vernünftig mein Herr, machens doch, lassens doch nein nein nein nein nein.

18.
Narbe

Hochbetagter Bürger

Hier bin ich.
Wer ruft.
Sieh mich.
Ich höre.
Und ich spaltete das Holz, und ich nahm meinen Sohn, und er trug das Messer, und ich fesselte das Opfer, und ich erhob den

Arm.
Wer ruft.
Hier bin ich.
Ich höre.
Sprich.

19.

Had we but world enough and time

DEM TOD GEWEIHTER BÜRGER

Und wenn alles doch anders wäre, als wir wissen, und der Exilant der Patriot, die Vernunft die Wahrheit, nicht das Leben, also Schuld, der Sieg, sondern der Verlierer, gut wie er ist, der Fortschritt, die Geschichte Reife, Zaudern, Privatistik, nicht Juveniles, Schulterschluß, Partei und Tat, und das Leben schön. Müßig, all das, müßige Gedanken, was man nicht alles denkt, wenn man so denkt, was heißt schon denken, wenn die Begriffe in mir aufmarschieren wie einst meine Armee, meine Armee, o ich bin alt und krank, Schmerz jagt mir in den Kopf, denke ich an daheim, doch das Leben ist doch schön, das Fenster ist offen, Luft strömt herein, schön und fern, und die Tage ziehen sich hin, lastend gleichmäßig gütig, ein plötzliches Ende, Hirnblutung ist sehr wahrscheinlich, Suizid möglich, hoffnungslosigkeitslos unverzweifelt, naht da schon mein Mörder, nimmt aus der linken Seite seines Regenmantels den Eispickel und hackt von hinten mir im Kopf das Hirn kaputt, ich tot.

20.

Koda

STIMME DES CHORES DER SOLDATEN

Tod dem Verräter
Nieder mit der Schwäche
Hoch die Partei
Es lebe die bewaffnete Revolution
Politische Macht kommt aus dem Lauf der Gewehre

Es lebe die bewaffnete Revolution
Hoch die Waffen
Tod dem Feind
Hoch der Sieg
Hoch
Hoch
Hoch.

21.

Buden Lichter Volk

GEHETZTER BÜRGER

Es riecht nach Menschenfleisch, Blut überall, auch Leiberberge, Berge von Leibern, Verhungerte, alles normal, heißt es, Propaganda, sage ich, Lüge, Morde vermutlich massenhaft Morde, es eilt, alles geheim, Fürchterlichkeit, Fürchterlichkeiten, still, still, Schreie, man hört Schreie, man riecht Menschenfleisch, man gleitet aus, eine Lache von Blut, Menschenblut, die Heiterkeit der Leute, Tarnung, grauenhaft, was geschieht in Wirklichkeit, verborgen, man weiß nichts, nichts ist sicher, man ahnt alles, alles, mir schwindelt, zu viel, zu schnell, was fuhr mir da eben durchs Gesicht, da greift etwas nach mir, fort hier, eilends, Luft Luft, was würgt mich an der Kehle, Menschenfleischgeruch, da geht was um, nur was, nur fort hier, schnell, schnell fort.

22.

Und die Seele flog aus den Gliedern

FERNE STIMME STAMMHEIMERS

Prost

FERNE STIMME STOCKHAUSENS

Prost

FERNE STIMME HEIDEGGERS

Prost

FERNE STIMME STOCKHAUSENS

Prost ihr Ärsche Prost

FERNE STIMME HEIDEGGERS
Prost
FERNE STIMME STAMMHEIMERS
Prost
FERNE STIMME HEIDEGGERS
Hau weg die Scheiße Prost
FERNE STIMME STOCKHAUSENS
Prost
FERNE STIMME HEIDEGGERS
Prost
FERNE STIMME STAMMHEIMERS
Hoch die Internationale Prost
FERNE STIMME HEIDEGGERS
Prost
FERNE STIMME STAMMHEIMERS
Prost
FERNE STIMME STOCKHAUSENS
Mensch Bubi Prost
FERNE STIMME STAMMHEIMERS
Prost
FERNE STIMME HEIDEGGERS
Prost
FERNE STIMME STAMMHEIMERS
Ach Harald Prost
FERNE STIMME HEIDEGGERS
Prost
FERNE STIMME STOCKHAUSENS
Prost
FERNE STIMME HEIDEGGERS
Sprechen wir nicht über Hitler Prost
FERNE STIMME STOCKHAUSENS
Prost
FERNE STIMME STAMMHEIMERS
Prost
FERNE STIMME STOCKHAUSENS
Sprechen wir über die guten alten Zeiten Prost

Ferne Stimme Stammheimers

Prost

Ferne Stimme Heideggers

Prost

Ferne Stimmen Stammheimers Heideggers Stockhausens

Wir sprachen über die gute alte Zeit

Ferne Stimme Heideggers

Prost

Ferne Stimme Stockhausens

Prost

Ferne Stimme Stammheimers

Prost

23.
Wie alles anfing

Erster Bürger

Die Geduld der Stadt ist am Ende.

Zweiter Bürger

Die einzige Sprache, die sie verstehen, ist Gewalt.

Dritter Bürger

Wir lassen uns nicht länger von einer Minderheit terrorisieren.

Vierter Bürger

Das war alles mehr spontan, keine Aktion, ich bin da so durch die Gegend geirrt, angesoffen.

Fünfter Bürger

Wir haben etwas gegen SA Methoden, wir wollen keine braune und keine rote SA, die Deutschen wollen keine Schlägerkolonnen, sondern Frieden.

Sechster Bürger

Die Weimarer Republik ist letzten Endes daran gescheitert, daß man den demokratischen Gesetzen zu weitgehend folgen zu müssen glaubte, man ließ demonstrieren, bis die Republik zugrunde gerichtet war.

Erster Bürger

Kommunisten und Studenten ist ja doch alles eins.

Zweiter Bürger

Bevor die Universität nicht von den Kommunisten gesäubert ist, gibt es keine Ruhe und Sicherheit in dieser Stadt.

Dritter Bürger

Sie leben in einer Demokratie und denken kommunistisch, jetzt gibt es sogar schon eine Rote Garde hier nach chinesischem Muster.

Vierter Bürger

An dem Abend ist irrsinnig viel passiert, das hat dir wirklich Kraft gegeben, wirklich ein High, ich bin vor den Flammen gestanden und mir war klar, hier kannst du was erreichen.

Fünfter Bürger

Mir graust, wenn ich daran denke, daß dieser Pöbel später mal die Führerschicht in unserem Vaterlande stellen soll.

Sechster Bürger

Es müßte wohl bald mal an der Zeit sein, daß wieder gelehrt, gelernt und gehorcht wird, wozu brauchen wir denn sonst eine Obrigkeit.

Erster Bürger

Die Stadt verurteilt das Treiben der politischen Rowdies, die sich Studenten nennen.

Zweiter Bürger

Derartige Straßenkrawalle sind keine Protestdemonstrationen, das ist offene Auflehnung gegen die bestehende Ordnung unserer Gesellschaft.

Dritter Bürger

Bei der Justiz wird jetzt erwogen, alle aktiven Teilnehmer bei Studentenkrawallen, bevor sie vor den Schnellrichter kommen, auf ihren Geisteszustand zu untersuchen.

Vierter Bürger

Zum Alltag kannst du sagen, beim Frühstück hat jeder eine Zeitung gelesen, mit einem Kugelschreiber in der Hand, mit dem wurden alle Artikel angestrichen fürs Archiv, wir haben jeden Tag Archiv gemacht, alles was interessant war, es wurde eine sehr sorgfältige archivarische Arbeit geführt, großes Interesse von daher für die Presse, man hat immer gleich ausgerechnet, wie wird die Presse auf die Aktion reagieren, wie werden die die Sache auslegen, und danach wurde die Strategie bestimmt.

Fünfter Bürger

Gegen bewaffnete, Widerstand leistende Störer ist zur Wiederherstellung der öffentlichen Sicherheit und Ordnung angriffsweise vorzugehen, Bereitstellung der Kräfte, Angriffsart, Angriffsrichtung und Angriffszeit sind je nach der Lage anzuordnen.

Sechster Bürger

Die Nazis haben damals auch Studenten vor ihren Karren gespannt, wenn man an die Bücherverbrennungen denkt, da versteht man, warum jetzt die Grundrechte nicht bis zur äußersten Konsequenz durchgeführt werden können, das kann einer Selbstaufgabe gleichkommen.

Erster Bürger

Die Beamten sind ja nur mit Pistolen bewaffnet, und jetzt die Frage, was passiert, wenn die Beamten da zusammengeschlagen werden.

Zweiter Bürger

Ein Kriminalbeamter feuerte im wirren Tumult und in dem unübersehbaren Handgemenge einen Warnschuß ab.

Dritter Bürger

Ich suchte nach einer Wunde und sah, daß eine Platzwunde bis zum rechten Ohr vorhanden war, aus dem Ohr kam Blut, ich fühlte seinen Puls, er ging schwach, ich öffnete ein Auge und sah keine Pupille, daraus schloß ich Schädelbruch, seine Lippen bewegten sich und ich nahm an, er wolle etwas sagen, ich beugte mich herunter, konnte aber nur ein Röcheln vernehmen.

Vierter Bürger

Das hat mir ein irres Ding gegeben damals, sein Sarg, wie der an mir vorbei gefahren ist, da hat es richtig kling gemacht, da ist einfach irgend etwas abgefahren. Später haben wir uns dann den Namen gegeben, weil bei Meldungen dann immer gesagt werden muß, das war der Tag, an dem der Student Benno Ohnesorg von dem Bullen Kurras erschossen worden ist.

FÜNFTER BÜRGER

Wenn ich gezielt geschossen hätte, wie es meine Pflicht gewesen wäre, wären mindestens achtzehn Mann tot gewesen. Ich schieße mit der Linken genauso gut wie mit der Rechten. Ich brauche beim Schießen nicht einmal ein Auge zuzukneifen.

SECHSTER BÜRGER

Der Schah ist jetzt in der Oper, es beginnt die Zauberflöte.

24.
Wacht auf,
Verdammte dieser Erde

LUFT

Weht.

WASSER

Fließt.

FEUER

Brennt.

ERDE

Ruht.

CHOR DER BÜRGER

Wir sind wir.

CHOR DER MÄDCHEN

Der Tod ist tot.

CHOR DER SOLDATEN

Krieg herrscht.

ERDE

Bebt.

FEUER

Lodert.

WASSER

Rauscht.

LUFT

Stürmt.

Stockhausen

Die Zeit vergeht.

Heidegger

Der Mensch erhebt sich.

Stammheimer

Ich habe das Wort.

Der Tod

Fällt mit krachenden Schüssen dazwischen. Alle sind getroffen. Blut schießt rot aus dem Fleisch hervor. Der Boden reißt die Leiber zu sich nieder. Da ist das Ende da. Der Vorhang fällt. Zeit vergeht. Der Vorhang hebt sich. Die Erde ist blutüberströmt.

Alle

Es lebe
Das Leben
Die Revolution
Der Sieg.

Licht

Schlachten

Personen

Vater
Mutter
Schwestern

Im Inneren des Hauses

»Und siehe es geschah in jener Nacht«

Eins
Im Atelier

»erweckt in uns das Verlangen
die göttliche Schönheit zu schauen«

Leere
Ordnung
Weite Höhe
Leinwände, kein Bild
Wenig Mobiliar, weiß verhängt
Großer Konzertflügel, Bösendorfer Imperial
Abendlicht

Vater
Reduktion
habe ich immer wieder gesagt
streicht die Kante des Vorhangs auf und ab
Reduktion, Ruhe, die Essenz meiner Bilder
absolute Stille die Bedingung der Möglichkeit
der Arbeit
nichts, alles ein Geschrei
Der Sommer ein einziges Sommergeschrei
der Abend ein Existenzvernichterlicht
die Familie ein Geschreiruinort
Die Familie ist das Ende gewesen von Anfang an
geht zum Flügel, setzt sich, geht zurück
Familie, Familie
die Familie mein Tod
Familie, Familie
Luft, Herrgott
gib Schatten

öffnet das Fenster, schließt das Fenster, horcht
Der Sommer ist eine Geruchszumutung
Aber ich schlage sie
Ich schlage sie alle tot, alle
Am schlimmsten der Frühsommer, Kreatürlichkeitsidiotie
Brunstbelästigung, die Frau, vier Töchter
eine dümmer als die andere und ich, das ist die Lage
Was hat die Frau geleistet
in den letzten paar tausend Jahren
Genievernichtung
sonst nichts, Geplapper, Geplärr, Geschwätz
von der Frau von einem Dreck in den nächsten Dreck
gezogen, ich, vom Geschlechtsdreck in den Ehedreck
vom Ehedreck in den Kinderdreck, unaufhörlich
fünffettärschiger Geschwätzschleim stinkend
abgesondert gegen mich gerichtet unaufhörlich
der Zwangsgedanke an die Bilder, alle
nicht gemalt
seit dreißig Jahren kein anderer Gedanke, alles
vernichtet, erstickt
fürchterliche Ehedummheit
Fürchterlichkeit Elternschaft
Elternschaftsdummheit, Hirndreck, Ruin
streicht die Kante des Vorhangs auf und ab
Alle, alle, alle
Herr, gib Schatten
öffnet das Fenster, schließt das Fenster, horcht
Heute Nacht
Malen, endlich
Hirnnervenschmerzen
im Gesicht, der elektropneumatische Hammer, Trigeminusast
Nervus Maxillaris, Schmerzparoxysmen, Salven
ununterbrochen nur ein Gedanke, die Bilder
malen, an Malen ist nicht zu denken, kein anderer Gedanke
Abendlichtverzweiflung
zuckt eine Krampfader im linken Knie in der Kehle medial

Frauenstimmen
Hat er was gesagt?
Was?
Ich glaube er redet wieder
Ich höre nichts
Jetzt nicht mehr, aber vorhin
Vielleicht konzertiert er jetzt gerade
Ob ich wohl mal nachsehen soll, ob er etwas will?
Bloß wozu?
Obwohl es sinnlos ist
Vater
Man kann kaum atmen
Glocken jetzt, auch das noch
Bitte keine Wiederholungen
Ich, der Schlachtenmaler
Jeder Satz ein Satz zuviel
Frauenstimmen
Hörst du das
Jetzt wieder
Ja, bitte keine Wiederholungen, ausgerechnet er
Ich geh mal rein
Er, der Schlachtenmaler, ausgerechnet er
Vielleicht daß er etwas will
Kaum wahrscheinlich
Mutter
Ja bitte
Hast du was gesagt?
Ob ich etwas bringen kann?
Vielleicht?
Was zu essen?
Oder was?
Was anderes?
Was soll ich noch sagen?
Man weiß nicht mehr, was man noch sagen kann
zum Flügel
Er denkt ich bin zu dumm zum Reden

Weil er wochenlang schweigt
sage ich ein falsches Wort
Was, was sagst du?
Nein, er hat nichts gesagt
Er sagt nichts

FRAUENSTIMMEN
Und?
Was und?
Hab ich doch gesagt
Ich weiß
Ich kenne euch alle, hat er gesagt
So?
Das war das letzte, vor Wochen, ich habe alles durchschaut
ich habe alles durchschaut, immer wieder
Stimmt, das hat er gesagt, er hat alles durchschaut
Jetzt spinnt er wirklich, alles durchschaut, ein Witz
Verrückt
Der eigene Vater ein Verrückter, Wahnsinn
Der Wahnsinn
Wahnsinn

VATER
Irgendwann mache ich Ruhe hier, total
Irgendwann macht man Ordnung
streicht die Kante des Vorhangs auf und ab
Irgendwann schafft man sich das alles vom Hals
Luft zum Atmen, Licht zur Arbeit
Existenzessenzen
Kraft
Der Augenblick des Todes, massenhaft
der einzige Gegenstand des Schlachtenmalers
Leiberberge
Vielleicht konzertiere ich auch
heute nacht
öffnet das Fenster, wirft die Hände von sich
Möglich ist alles
schließt das Fenster, horcht

Nicht was man tut, was man nicht tut, ist die Leistung
Schmierantenpack
Ich, der Schlachtenmaler, der Rest Schmieranten
dort die alleshinschmierenden Möglichkeitennichtvernichter
hier ich, der Radikalreduktionist
Müßig, die alten Rechnungen, Pack
seit dreißig Jahren Bildmöglichkeitsvernichtung, hier
in diesem Hirn, Hirnkunst
seinerzeit wuchs mir ein Kinn, mit einem Schlag
seinerzeit sagten alle zu mir Kollege, plötzlich
komplette Lächerlichkeit, das ausgewachsene Männerkinn
Kollege von Anenzephalikern, Lüge alles
ich nicht, so nicht, nicht mit mir, sagte ich
machte kehrt auf der Stelle, aus
Heute Nacht, Malen
oder Konzertieren
allesentscheidend die richtige Entscheidung
im richtigen Moment, Malen
Zeitvernichterarbeit, Augenblickvernichtungskunst
geht zum Flügel, setzt sich, geht zurück
Die Familie, die Lüge, lebenslänglich
Die Musik ist ein Problem des Raumes nicht der Zeit
Vielleicht konzertiere ich heute Nacht, möglich ist
alles, Tiefe, Staffel, Säulenkunst
Statik
streicht die Kante des Vorhangs auf und ab
Man hat mich belogen von frühester Kindheit an
Lügenvernichterarbeit seither, Logik, Agonie
Irgendwann räume ich auf hier, total
öffnet das Fenster, schließt das Fenster
und zwar total
horcht
Ruhe hier
horcht
Blutrot
ist keine Farbe

Blutrot ist der Zustand
der Nacht
streicht die Vorhangkante
Raus hier
raus

SCHWESTER
Hör zu
Es ist wieder Abend geworden
Das Gras schien rot, so dunkel
Meine Fingernägel leuchteten türkis
Der Himmel glüht
Der Sommer kommt
Stein für Stein sprang unter meinen Füßen der Kies
in seine Ordnung zurück und die getretenen Halme
richteten sich in meinem Rücken auf wie wild
Schnittlauch, Minze, Efeu
Und wo in der schwarzen haarlosen Erde
die Stämme der Föhre und der Kiefer
steckten
war es schon Nacht

VATER
Unkrautvernichtungsmittel
Insektenvertilgung, Krauttöter, Wucherung
das eigene Fleisch und Blut eine Zahnfleischentblößung
Pferdegebiß, verfallenes Grinsen, die Jugend, Tierleben
Totschlag
der einzige klare Gedanke, man ist ein Stein
Existenzentstellung, Vermehrung, Seuche
Zersetzung, Pestizid

SCHWESTER
Es ist sinnlos
Sinnlos
an ihn hin
zu reden man redet an eine Wand
er sagt nichts
weil wir wissen wie er weiß

daß er etwas sagen will schweigt er
zur Strafe

SCHWESTER
Rätselhafte Wolkenballen
habe ich in einer Himmelsecke
hoch getürmt gesehen, still, unbeweglich
obwohl ein starker Wind weht, das ist unerklärlich
Ist alles Wolke, was einer Wolke gleicht
Wie fern von mir muß alles sein
um blau und sanft zu scheinen
was drohend grün ist, giftig
in Wirklichkeit und nah
in Wahrheit
wirklich
Das alles ist sehr unerklärlich seltsam rätselhaft

SCHWESTER
Es ist sinnlos
alles was man sagt
Alles seine Falle
Malerei, Musik, Familie
Selbstzerstörungsfalle
Man kann sagen was man will
Jedes Wort ein Wort zu viel

SCHWESTER
Seine Rede
ewig
was man redet
ewig seine Rede

SCHWESTER
Schweigen
sein Terror stumm
Sog
Qual

SCHWESTER
Berichte von draußen

Schwester
Qualen
Schwester
Die Wahrheit
Jeder quält jeden
Schwester
Jetzt gehen
Schwester
Schreie waren zu hören
nachts
Schläge waren zu sehen
Schwester
Ruhe endlich
Schwester
Es wird immer dunkler
rasend schnell
Nacht
Wer schlug wen wer schrie
Schwester
Ich gehe
Schwester
Wieviel Uhr jetzt
Schwester
Er sagt nichts
Schwester
Ich bleibe
Schwester
Wir gehen
Vater
Kerker
Kerker
Stehen bleiben oder ich schieße
Innerer Vorgang
alles
Knochen
Gebein

alles zerfressen
vom Geschwätz zerstört
ich bleibe ich gehe nicht fort von hier nie
Kerker
Nacht bricht herein heute Nacht male ich oder ich bin tot
Mein Gesicht ist mit fleischigen Wülsten mir fremd bepackt
Wer hat das getan was ist Verwirrung was heißt das warum
Nacht wird die Arbeit beginnt es
gibt keine Farbe
Licht lügt
Öl ist Gebirge das Öl ist mein Gebirge
Berechenbarkeitsfolter Leinwand Lüge Licht Krieg mein
Malen
Mathematikvernichterarbeit Dummheitsstrukturzerstörung
Bild
Glückstaumel Tatendrang Flucht
Schwarz schmutzt
Hoffen was heißt das
Ich habe die Flucht verworfen heute Nacht
Blendung im Auge Sehstoffvernichtung retinal Farbausglühen
in den Netzhautzapfen lichte ich
total mein dunkles Hirn
Lichtung absolut
Da habe ich zornig den Blick gesenkt und schaue
meine augenblicklang wahre komplette schwarzweiße Welt
Zur Leinwand hin jetzt malen endlich das Öl ist mein Gebirge
Glückstaumel Tatendrang Leinwand Pinsel Hirnsturm Lust
Da ist mir plötzlich alles entfallen
Erschöpfung Zweifel Agonie
Kerker
Nacht
Hölle
Hölle Öl Abgrund Gebirge
Hirnhölle Schwarzweiß Kollaps
Blutrot toben die Lider
Augapfellichtmord

Ich bin blind
Sehe Licht
Lüge
Nacht
Hölle
Hölle
Blutrot ist keine Farbe blutrot ist der Zustand der Nacht

FRAUENSTIMMEN

Jetzt geht er wieder auf und ab
Er trinkt sich Wut an
Er will uns nur quälen
Dann tobt er rum
Er ist ein Feigling, kein Maler
Ein Schwächling, ohne Mut, seit Jahren kein Bild
Er redet dauernd nur, oder er schweigt wochenlang
Er hat keine Kraft
Er ist ein Witz

VATER

Ich bin verloren
verlasse ich diesen Raum
ohne gemalt zu haben heute Nacht

streicht die Vorhangkante auf und ab

Malen ist eine kniende Kunst
Gewalttätigkeit
Ich, der Schlachtenmaler
Äußerster Materialreichtum und äußerste Detailfülle
der Alten einerseits andererseits
Radikalstreduktion
Allesentscheidend ist der vorbereitende Gedankenakt
Schmierantenpack, Hirnlose, pah

geht zum Flügel, stellt das Taktel an

Der Maler braucht Knie und Hirn, kein Licht
Wortlose Lichtvernichtung herrscht im Bild, komplette
Stille, Goldgeschrei
Einzig Gesang ist aufrecht stehende Kunst, Musik
mein Leben, Raumkunst, Takt

stellt das Taktel ab
Ich denke nicht klüger als der Rest aber mehr
in mich hinein
Lichtsammellinse, Brennpunkt, Glut
geht zum Fenster
Im Grunde bin ich Granit
streicht die Vorhangkante auf und ab
Reduktion, Ruhe, Essenz
Schon der Ellbogen ist eine Ausfransung meiner Existenz
widerwärtig, Rumpfzerfledderung alles Hängende
Der Kopf hat ein Recht, der Rumpf ist schon Anhang
der Rest Zerfledderung, Leibeslächerlichkeit außen, innen
ist eh alles Brei, Dreck der ganze Körper durch und durch
Fäulnis, Schleim, Entstellung der Idee
von Fleisch und Blut
menschunwürdig
horcht
Sinnesorgane und Nervensystem sind reine Vernunft
blickt hoch
brauchbar ist sonst nichts
ein Witz, die Trigeminusneuralgiehölle
gegen die Familie, die wahre Hölle, Frau
und Kinder, Töchter, ausgerechnet Töchter
vier auf einem Haufen, Wahnsinn, eine dümmer
als die andere, fürchterlich, mit ihren Mündern
reden sie daher, ununterbrochen tropft Geschwätz
ein Schleim, aus ihnen raus
Ach Nervenschmerzenstrost, ich
der Gleichheitszeichenphilosoph, der Rest Idioten
ich, der Schlachtenmaler, ich bin verloren, die Unordnung
hier in diesem Raum ist in meinem Kopf
mein Hirn in Unordnung, seit Jahren
Todesmaterialien, Leiberberge
Gebein, heroisch, ideal
Ich, der Knochenmann
Freund Hain

und ich, bösester Feind Freund Hain
Seinerzeit trat mir der Tod ins Leben, plötzlich
vor dreißig Jahren, kein anderer Gedanke, dreißig
Jahre lang die Unzurechnungsfähigkeit des Todes, ich
bin nicht unzurechnungsfähig, unzurechnungsfähig ist der Tod
ich nicht, ich, der Todesmaterialienmathematiker, ich
höre in den unendlich zählbaren Totenzahlen die Welten
Symphonien klingen, vielstellig, rätselhaft berechenbar
mein Malen Gebeinegeometrik, Leiberbergespezialismus
reine Musik, imgrunde, ich
der Schlachtenmaler, imgrunde
bin ich Pianist, Zahlenmusikzähler
mein
wendet sich zum Flügel
Bösendorfer Imperial, der reine Geist
streicht die Vorhangkante
Absolute Stille
die Essenz
ich sehe
Zahlen
jede
ist
dramatische Gestalt, Vision, berechenbar
mein ideales Panorama, Zahlen, reine
Wissenschaft mein Malen absolut
Mathematik
Moral
Malen ist mathematisches also moralisches Handeln, alles
entscheidend ist was ich nicht tue, ich tue
Gutes, male ich, ununterbrochen
die richtige Entscheidung
für die Wahrheit
kontrolliert
Malen
binäres Tun
Heute Nacht male ich oder

ich bin verloren, konzertiere ich
fliehe ich, die Musik, mein Leben Flucht
nur die Attacke auf den Tod
Unberechenbarkeitsvernichtung
ist Angriff, mein Malen
Sieg
Seit dreißig Jahren
kein Bild
seit dreißig Jahren
jede Nacht alles unendlich grausam zu Ende also zu nichts
gedacht
seit dreißig Jahren
Nichts
seit dreißig Jahren
Ende
Hirn
Akt
dreißig Jahre lang nur Hirnakt grauenhaft
Denken
seit dreißig Jahren
jede Nacht
kein Bild
dreißig Jahre
alles nichts
Hirnakt
Hirnakt

geht zum Flügel, setzt sich

Terror

steht auf, setzt sich

Die Farbe Rot ist Farbfeindschaftsfarbe mir Erzfeind
Ich bin als Maler seit dreißig Jahren tot
ausgerechnet ich, der Schlachtenmaler
der Todesmaterialienmathematiker
ein toter Mann
ein Witz
Ruhe

Und ich schlage hier alles tot hier
und zwar ratzebutz
und zwar alle
nie wieder
nichts
Malen
malen malen malen
der einzige Gedanke, sitze ich am Flügel
die Musik mein Leben, mein einziger Gedanke, Stille

horcht

Ich bin Züchtigung des Fleisches, Buße, Geist im Geist

steht auf, wirft die Hände von sich, setzt sich

Entscheidung
allesentscheidend die richtige Entscheidung
ausgeschlossen
ich ewig eingeriegelt in meinen äußersten von meinem Denken
seit es in mir denkt als äußerste erkannten Möglichkeiten
meiner Existenz
eingekerkert lebenslänglich im Äußersten meiner
äußersten
Möglichkeiten der äußersten Existenz meines
Ich
entscheidungslos ohne Leben Agonie ich
Ich
bin tot lebenslänglich Agoniekerker

steht auf, setzt sich

Wahnwitziger Bewegungsdrang, Brennen der Seele
Katatonie
Alles ist Lüge jedes Wort falsch kein Wort ist wahr

streicht die Vorhangkante auf und ab

Stille
Vollkommene Stille
Diese Stille macht mich verrückt

öffnet das Fenster, schließt das Fenster

Ich leide wie ein wund geprügelter Hund unter der Stille
hier in diesem Raum, Schweigen, nichts ist grauenvoller

Ich habe nicht dreißig Jahre nichts gemalt
Ich habe meinen Flügel nicht seit Jahren nicht berührt
Gesprächsfanatismus, natürlich, Ringen um Wahrheit
natürlich, Glück, man hat mir ein Kind entgegen gehalten
das ist deine Tochter, und ich war rasend vor Glück
natürlich gab es Schwierigkeiten, Ärger, man hat alles
beredet, ich habe gearbeitet, die Mädchen kamen zur Welt
die Jahre sind vergangen, man hat andere Sorgen gehabt
ich war nämlich glücklich, es war das Leben, natürlich
das ist die Wahrheit, ich habe nicht nicht gemalt
ich habe ununterbrochen gemalt, das ist die Tragödie
die Wahrheit, unerträglich alltäglich, glücklich gewesen
gescheitert natürlich, täglich, ununterbrochen gemalt
das ist die Wahrheit, die Tragödie, lebenslang Dreck
gemalt, nicht nicht gemalt, ununterbrochen Geschmier
nicht ein einziges Bild gemalt, gescheitert als Maler
malhemmungslos nicht als Nichtmaler gescheitert als
Schmierant, aufs lächerlichste geschwätzig Geschmier
produziert einzig Lebenslächerlichkeit, Genieverdacht
natürlich, von früh an, hoch begabt, Talente, Göttliches
wie in jedem jungen Mensch, natürlich, Glut im Herz
für einen wilden Augenblick, dann das Leben, Wüste
dazwischen kurz immens Erfolg, natürlich, der Ruin
der frühe Erfolg ist der lebensrestliche Ruin gewesen
alles fiel mir zu, ich habe alles als Geschenk genommen
angenommen, natürlich, beglückt, der Ruin, nichts zurück
gewiesen, Zurückweisungsschwäche aus Kraftgewißheit
Talente, Begabung, Genie der Jugend, göttliche Glut
ich habe meine Kraft lebenslang überschätzt, fahrlässig
mich so ruiniert, von Anfang an, immer, endgültig

horcht

komplexe Gesetze, konstruktive Verfügung, mein Geist

streicht die Vorhangkante auf und ab

Ruin
Ruin
Ruhe hier

Reduktionswahnsinn
Meine Stirn hat früher die Wand hier wund geschabt
Henker
in mir hinter
mir ich soll vernichtet werden mein Lebenswerk erstickt
Zeit
Zerstückelt
so der Titel des Traktats
mein Traktat über malerische Logik ist Summe
Zeit
Zerstückelt
natürlich ein Revolutionstraktat
und ich soll vernichtet werden natürlich durch Isolation
wendet sich zum Flügel, wendet sich zurück
Gedankenentzug und Desinformation bedrohen meinen Geist
wendet sich zum Flügel, wendet sich zurück
Tabernakel
Klangpunkt
Stille, strukturierte
Farbfermaten Schattenrauschen Grenze Henker Öl
extreme Lagen, Verknüpfung, Gegensatz Exposition, System
mein Plan, die Malerei, ein Witz, einzig Musik
Methode, hätte mich gerettet
streicht die Vorhangkante auf und ab
die singende Stimme des Sängers ist heilige Ordnung
horcht
ideal
göttlich
Widerstand
alles andere
ist Dreck, die Malerei
hat mich vernichtet, Todesengelopferexistenz
ich habe mich ergeben dem Sog des Todes
ohne Widerstand von Anfang an, der Tod
mein Lebensthema Tod kein Thema, Lebenslächerlichkeit
Schlachtenmalerei, Morbiditätsheroik, alles Lüge

Schwäche, schon der erste Buchstabe von Wahrheit
ist eine Schwächlingslüge, kein Wort ist wahr, nur Musik
ist Kritik Kontrolle Korrektur Kritik Kontrolle ich
Ich rede nur von mir, rede nur von mir, nur von mir
Tabellen, Reihen, Serien, oratorische Struktur Prinzip
wendet sich zum Flügel
die Sachlichkeit des Materials, und Werkstattgeist
horcht
Heu
Heugeruch
Moder, Wahnsinn, sieche Süße, Sog
Was aber ist das Fleisch für sich allein betrachtet
Ich möchte daß mein Denken Fleisch ist und nicht
Fleisch mein Denken, Weißglut, kirres Grollen
Peitsche Abstraktion was
mich verrückt macht
streicht die Vorhangkante auf und ab
ist die Stille hier in diesem Raum wirklich
Irrsinn
meine Rede, ununterbrochen Quergerede, Stille
Rede
alles Lüge, kein Wort ist wahr, das ist die Wahrheit
horcht
ich
bin nicht
zyklothymkrank, vielleicht
bin ich ein wenig traurig oder etwas matt nur
soll ich vernichtet werden oder ein kleines Molekül
ist in mir gegen mich falsch programmiert aktiv oder
im Gegenteil ist alles Tumultuarische in meinen Zellen
sehr erschöpft und tot und krank oder leider gar arg alt
vielleicht wäre ein Schluck Wasser meine Rettung oder
ein paar Liter weißes Bier zur Abbitte kein Schnaps
möglicherweise soll alles bald zu Ende gehen oder
es liegt doch irgendeine Störung vor irgendwo
daß doch Blut klebt an mir

mein sündiges inneres
ungereinigtes Sein
alle Schuld der
Welt sühne
ich bin
nicht
ich
ich will nur ruhig regelmäßig Luft für meine enge Lunge

horcht

Stille
Reduktion
Erlösungsmelodie

streicht die Vorhangkante auf und ab

Mein Ringen ist Ringen um Ordnung meines plötzlichen Geists

horcht

Konzentrationslagerleben
Arbeitsraumregel
Idealformelform
Ichidealich

wendet sich zum Flügel, wendet sich zurück

Stille
Stille
Stille

SCHWESTER

Man bringt Essen, immer wieder, sinnloserweise
Wochenlang ißt er nichts, ernährt sich von nichts
als von analeptischen Pulvern und Dragees, schluckt
ununterbrochen Reaktivan, händevoll Reaktivan, stürzt
becherweise Wasser hinterher, putzt ununterbrochen
die Zähne, eine regelrechte Zahnputzmanie, dennoch stinkt
er süßlich faulig aus dem Mund, als faule er von innen
seine verfaulten Innereien gasig aus sich heraus, trinkt
Wasser im Sturz, becherweise, schluckt ununterbrochen
Reaktivan, stürzt Wasser hinterher, verweigert jegliche
Nahrung, spricht kein Wort, uns zur Strafe, hochgradig

depressiv zugleich hochgradig agitiert, wochenlang rennt
er so durch das Haus, rennt nächtelang in seinem
sogenannten Arbeitszimmer vor seiner angeblichen
Leinwand unter seinem sogenannten Neonlicht, nichts
als eine lächerliche Taglichtbirne, sechzig Watt, zugleich
grotesk agitiert und komplett depressiv auf und ab, nichts
nichts
geschieht, er hungert, er schweigt, schluckt Pulver
schluckt Wasser, er putzt den Mund, expiriert faulige
Luft, rennt hinter verschlossener Türe nächtelang auf
und ab, grundlos, unbeeinflußbar, wir tun was wir
können, man kann tun was man will, ich mache Salat
jeden Abend, umsonst, weil er nichts ißt, er ißt nichts
uns zur Strafe, schluckt Reaktivan, plötzlich
schluckt er eine Handvoll Valoron Adumbran und ein
Phenobarbital, ein paar Bier, legt sich ins Bett, schläft
wie tot, tagelang, es geschieht nichts, absolut nichts, er
wacht auf, wankt ins Bad, schluckt Pulver, taumelt
zum Klo, schluckt Wasser, wankt nackt und tropfend zurück
schlägt hin auf das Bett, schläft sofort, mit weit
nach hinten gestürztem Kopf, mit besinnungslos offenem
Mund, schlaftablettentiefschlaftot, stinkend, gelb
getrockneter Mundwinkelschleim, tief im Rachen versackt
die Zunge, gelähmt, giftiger Schlaf, sonst nichts

weist auf das Essen

Hier
Salat
Nicht was nicht gesagt wird zählt
Altruismus
Nächstenliebe
Prinzip
Familie
Liebe
All das ist geheim
was hier geschieht
Niemand verrät

nichts, nichts
dringt hinaus, niemand
verläßt diesen Raum

VATER

Kontrapunkt Kunst
der Schwarz Weiß Komposition
Passion im Prinzip der inneren Notwendigkeit

horcht

Die Stille schafft den Raum, Klang der Hermetik im Geist

wendet sich zum Flügel, wendet sich zurück

Und ich schlage sie alle tot
schlage sie alle tot
sie alle tot
tot alle
tot
Irgendwann
schaffe ich mir das alles vom Hals, Frauendreck, Töchter
Dreck, irgendwann macht man Ordnung, und zwar total und
zwar endgültig räume ich irgendwann auf hier und zwar
sauber total
tot
alle tot
die alle tot
schlage ich alle tot
Irgendwann schlage ich die alle tot

MUTTER

Man hört was draußen
keine Angst
bin müde
keine Angst mehr
nachts Gewaltausbrüche
Würgen
keine Schreie
keine Furcht
Traurigsein kommt vor
oft geschieht nichts

die ganze Nacht
nur Angst

VATER

Terror

SCHWESTER

Haß herrscht
im Innern der Familie
Schweigen
Infamie

MUTTER

Falschheit

SCHWESTER

Lüge

MUTTER

Er steht da
starrt vor sich hin
brüllt plötzlich

SCHWESTER

Geschwätz

MUTTER

Herzlos

SCHWESTER

Schweigen

MUTTER

Dumpfe Trauer
jähe Wechsel
Haß ein Flehen

SCHWESTER

Nicht zu hören
was er sagt

MUTTER

Man redet
schwach und mutlos

SCHWESTER

Alles Lüge

Mutter
Etwas tun
Vater
Hölle
Höchstes
Terror
Erlösungsmelodie
Erlösung
Melodie
Stille
Reduktion
Erlösungsmelodie
Mutter
Neu beginnen
vielleicht
ist alles möglich
Vater
Und ich schlage sie alle tot alle tot
Schwester
Die Konsequenz ist Ochsenzoll
Verwahrung
Mutter
Vielleicht ist man verloren
Schwester
Die Angst
Mutter
Nur Schwäche
Schwester
Qualen
quälend
Mutter
Es ist spät
Schwester
Haß herrscht im Innern der Familie, Niedertracht
allnächtlich droht nur Nacht, nichts
sonst, nichts, es geschieht nicht

niemals, was Furcht sich wünscht
Ausbruch, Blutsturz, Donner
Schläge, kein Himmel hört
kein Flehen, der Raum
ist zu geschlossen
quälend dauert
einzig Qual
die Zeit
hält
nie
an
niemals
jedoch wird, was einer drohend ausspricht wörtlich
Tat

VATER

Stille
Hölle
Ich
der Schlachtenmaler, ich

FRAUENSTIMMEN

Er, ausgerechnet er
Ununterbrochenes Geredegeschiebe
Angebliche Stimmen, angeblich Stimmen
Die Konsequenz ist Ochsenzoll, Ochsenzoll Erlösung
Nichts hilft im entscheidenden Moment
Ochsenzoll die Rettung
Die Psychiatrie der Tod
Nur Aufschub einen Augenblick
Aufschub gibt es nicht
Sein ewiges Gerede
Nichts ist zu hören
Er kenne uns alle
Jetzt ist er still
Sein Hirn sei sein Ohr
Angebliches Hirn
Ochsenzoll

Der Tod
Aufschub
Nichts ist Aufschub

VATER

Konsequenz Katastrophe Kunst
Komposition Kontrapunkt
Katatonie
Kontingenz
Katatonie

streicht die Kante des Vorhangs auf und ab

Reduktion
hat mich zerstört, die Familie, der Ruin, Stille
ist die Voraussetzung der Bedingung der Möglichkeit
der Arbeit, die Vernichtung aller möglichen Möglichkeiten
ist der notwendig vorbereitende Hirnakt der Arbeit
am Notwendigen, Denken ist Schaffen, mein Existenzrecht
ist vernichtet, die Stille ist die Hölle, ohne Stille
arbeitet kein Sinn aufs äußerste, vernünftig, Malen
ist kniende Kunst, Sieg im Handstreich, einzig Musik
hätte mich gerettet, Statik, dreißig Jahre lang
kein Bild, imgrunde bin ich Pianist, die Mathematik ist
meine Grundlage, Klang der Zahlensymphonien, Welten
Dreck, unzurechnungsfähig ist mein Material, der
Tod
einzige, äußerste, fürchterlichste Wahrheit, Leben
ist Lüge, meine Kunst, der Leiberbergespezialismus
Versagen, Heroik ist Faulheit und Schwäche, ich rede nur
von mir, Prinzip der oratorischen Struktur bin ich
nicht, ich habe nicht dreißig Jahre nicht gemalt, nichts
ist wahr, lebenslänglich droht Unordnung plötzlichster
Gedanken in mir gegen mich, arbeitet alles an meiner
Vernichtung, die Familie ist das Ende gewesen von
Anfang an, fürchterlichster Lärm von Stimmen, in mir
absolute Stille, Gewalttätigkeit resultiert, irgendwann
mache ich Ordnung, krank bin ich nicht, mein Fleisch
leidet, nicht der Geist, die Kreatur, Heugeruch, Hölle
Nacht

Zwei
Bei Tisch

»ubi puset
ibi evacua«

Alles voll
Ahnen, Bilder, Möbel
Behaglichkeit

Schwester
Lüge
Psychologismus
sein Wort
Schwester
Was
Schwester
Psychologistik
Lüge
alles Lüge
Schwester
Seine Rede
ewig seine Rede
Schwester
Gescheitert
gescheitert
Schwester
Lächerlich
Malerexistenz
Schwester
Lächerlichkeit
Idiotie

SCHWESTER
Gerede
ununterbrochen
Trotz und Infantilität
SCHWESTER
Terror
der pure Terror
SCHWESTER
Sein Gerede
sein Schweigen
SCHWESTER
Terrorregime
SCHWESTER
Absolute Infantilität
lächerlich
SCHWESTER
Leistungsgerede
pausenlos
grundsätzlich
Überforderung
SCHWESTER
Leistung
Perfektion
Erfolg
SCHWESTER
Erfolgsfetischismus
Perfektionssucht
Leistungsgerede
SCHWESTER
Ewiges Gerede
alles Lüge
SCHWESTER
Lebensuntauglichkeit
Rücksichtslosigkeit
Brutalität

SCHWESTER
Nichts
Brutalismus
ewiges Gerede
Lebensuntauglichkeit
SCHWESTER
Schläge
nachts
Schreie
SCHWESTER
Anderntags
kein Wort
SCHWESTER
Nachts Schreie
Panik
SCHWESTER
Anderntags Schweigen
nichts
SCHWESTER
Dauernde Angst
SCHWESTER
Wochenlang Schweigen
SCHWESTER
Plötzlich
Gebrüll
SCHWESTER
Wegen nichts
SCHWESTER
Wegen nichts und wieder nichts
SCHWESTER
Ausbrüche
Wahnwitz
SCHWESTER
Plötzlich
Normalität
mit einem Schlag

Schwester
Normalität plötzlich
ohne Grund
Schwester
Hoffnung
ununterbrochen
Schwester
Folter
pure Folter
Schwester
Täglich
Hoffnung
unbeeinflußbar
Schwester
Haßausbruch
Schwester
Brutalismus
Schwester
Lebensuntauglichkeit
Schweigen
wochenlang
Schwester
Jahrelang
Bedrückung
Schwester
Hermetik
Terrorinstrument
die Liebe
Schwester
Drohung
jede Bewegung
Schwester
Angst
Haß
giftiger Druck

SCHWESTER
Die Familie ist eine Eiterhöhle
SCHWESTER
Teuflisches
Pulsieren
SCHWESTER
Abszeßinzision
Ochsenzoll
SCHWESTER
Undenkbar
Hilfe von außen
SCHWESTER
Niemand hilft
SCHWESTER
Herrschsucht
Besitzwahn
Isolation
SCHWESTER
Innen
stetig steigender Druck
MUTTER
Draußen
der Wind
ein Wetter
was kommt
SCHWESTER
Bösartigkeit
Krankheit
Organisches
SCHWESTER
Ein Tumor
im Hirn
SCHWESTER
Drucksteigerung
Kompression

Schwester
Aphasien
und Witzelsucht
Schwester
Hämmernde
Neuralgien
Schwester
Metastasen
Schwester
Er sei nicht krank
Schwester
Krank seien wir
Schwester
Fünf Sätze
zeitweise
sonst nichts
Schwester
Krankhaft
Bösartigkeit
Schuld
Schwester
Lebensunfähigkeit
Haß
Schwester
Liebegerede
Kontrollsucht
Haß
Schwester
Willkür
Launenterror
Brutalismus
Schwester
Seelenfolter
Unterwerfung
bösartig

SCHWESTER
Depressionssucht
Absicht
SCHWESTER
Beherrschungslosigkeitsberechnung
SCHWESTER
Alles Absicht
Lüge
SCHWESTER
Achtung
ich höre was
er kommt
SCHWESTER
Berechnung
alles Absicht
SCHWESTER
Er der Alte
SCHWESTER
Was reden
was normales
SCHWESTER
Also ich
ich also ich
habe
MUTTER
Jetzt Achtung
SCHWESTER
Dann bin ich
VATER
die Bierflasche in der Hand
Es stinkt
Frauen riechen so
komisch, warum
Schweigen
Was
Schweigen

Was ist hier schon wieder los
ohne mich
wird wohl nichts geredet
wenn ich da bin
Schweigen
Was
Schweigen
Geheimnisse
oder was
was ich mir verbitte
hier
bei Tisch wird mit mir
miteinander offen
Schweigen
Was
ich glaube
ihr seid wohl verrückt hier
oder was
Schweigen
Ruhe
Schweigen
Wird hier geredet
mit mir
normal
Schweigen
Was
Schweigen
MUTTER
Ja ja sicher
nein natürlich
wir haben
weil
VATER
Was
Schweigen

MUTTER
Nein weil
VATER
Du hältst den Mund
ich will daß die Kinder
sich normal unterhalten
Schweigen
was
Schweigen
mit mir
Schweigen
MUTTER
Kinder
VATER
Ruhe
Was
Schweigen
SCHWESTER
Wir haben vorhin
geredet
über Ausstellungen
und so
Schweigen
SCHWESTER
Es ging um Donald Duck
was einer ausstellt
einer den sie kennt
Schweigen
darum ging es
Schweigen
auch
Schweigen
SCHWESTER
Er nennt es Andy
dieser Typ
den sie kennt

Schweigen
darum ging es
Schweigen
wie wir das finden
Schweigen
darum auch das Wetter
SCHWESTER
Auch über Faulheit
Künstler
Schweigen
Ehrlichkeit
das alles
Kunstmarkt
und so
Schweigen
weil einer
ein anderer
macht Raumdesign
Konzepte
Simulation
Schweigen
alles blöd das
Schweigen
oder
Schweigen
VATER
Was
Schweigen
dummes Zeug
alles
Schweigen
blöd
Quatsch
Schweigen
Ich finde überhaupt nichts blöd
Schweigen

Was
was
Schweigen
SCHWESTER
Ja
darum ging es
vorhin
Schweigen
MUTTER
Ob ein Wetter kommt
Schweigen
Oder es verzieht sich doch
Schweigen
Man weiß es nicht
Schweigen
Schwer zu sagen
oft
Schweigen
VATER
Dummes Gerede
hier
Schweigen
Was
Schweigen
Hier sind wohl alle verrückt hier
Schweigen
Was
Schweigen
MUTTER
Vielleicht kann ich dir
VATER
Ruhe
MUTTER
Ja nur dir etwas
VATER
Halt den Mund

die Kinder
sollen reden
Schweigen
Durst
Schweigen
SCHWESTER
Soll ich noch eins holen
noch ein Bier
Schweigen
VATER
Was wie
hier sind wohl alle vollkommen verrückt
die Flasche hier ist fast noch voll
Schweigen
Soll ich vielleicht zwei
gleichzeitig trinken
Was
Schweigen
Erst wird man
blöd angebettelt
eigens herbestellt
dann redet keiner was
Schweigen
Was
Schweigen
Irrenanstalt
hier
Provokation
Schweigen
Euch mache ich noch Beine daß es kracht
eine Frechheit
mich hier derartig
Schweigen
lächerlich zu machen
hier
ihr seid wohl verrückt hier

Schweigen
Was
Schweigen
SCHWESTER
Aber
VATER
Was
Wie
Ruhe hier
Schweigen
mit euren fetten faulen Ärschen
mach ich wohl noch Beine hier
Schweigen
lächerlich gemacht
lächerlich
Schweigen
verrückt
Schweigen
ich lasse mich nicht verrückt machen
hier
kein Wort mehr
von mir
nichts
Schweigen
Was
Schweigen
Schweinerei alles Beweiskette
Logik
Schweigen
Was
Ruhe hier
was
Schweigen
SCHWESTER
Jedenfalls
muß ich weg jetzt

VATER

Was wie
verrückt machen
lasse ich mich nicht
von euch
dann abhauen
erst mich herbestellen
so nicht
Ruhe hier

Schweigen

Ihr
ihr

Schweigen

MUTTER

Sie hat vorhin
sie muß
wirklich weg

Schweigen

SCHWESTER

Wegen der Eröffnung
was wir erzählt haben
die Ausstellung
weil

Schweigen

ja
also
ich
ich geh dann

Schweigen

wenn das geht

Schweigen

MUTTER

Gut
natürlich
wenn es nicht anders geht
daß du gehst

schade gerade heute wo
wir
wir
Schweigen
VATER
Gut was heißt hier gut
ihr seid wohl alle verrückt hier
vollkommen verblödet
total verrückt
oder was
ich lasse mich hier
zum Narren machen
oder wie
wie stellt ihr euch das vor
daß man hier kommt und
geht einfach geht
wenn es einem paßt
oder was
mitten beim Essen wo die ganze Familie
da ist
mal
ausnahmsweise beieinander da
geht man dann einfach oder wie
niemand
verläßt diesen Tisch
mit euren fetten Ärschen
wie ihr da sitzt
oder ich mache euch Beine
solange ihr hier mit eueren Stampfern
Schweigen
Durst
Sieht denn niemand
daß mein Bier aus ist
das kümmert wohl niemanden mehr hier
so eine leere Flasche
Schweigen

Ich
zerschlägt die Flasche an der Tischkante
ich
was was
ich mache euch Beine hier
das hier das
stößt den Flaschenhalsdolch in die Luft
Ruhe hier
hier wird jetzt sitzen geblieben
ihr seid wohl total verblödet
was
was
Schweigen
alle hier
alles
weil es mir reicht
kommt hier niemand raus
Schweigen
lebend
verrückt
oder was
vollkommen verrückt

SCHWESTER
Jetzt dreht er total durch

VATER
Was

SCHWESTER
Jetzt reichts

VATER
Ruhe hier
sonst
ihr seid wohl verrückt

MUTTER
Ich bitt euch

SCHWESTER
Ich gehe

ich bin doch nicht verrückt
der haut einem ja dieses Ding da

SCHWESTER
Bitte geh nicht
der dreht sonst durch
der haut dir

VATER
Ruhe
hier
geht niemand solange ich hier
stehe geht hier niemand raus

SCHWESTER
Mir reichts ich gehe
der ist ja total verrückt

VATER
Was wie
verrückt ich
werde dir was geben
verrückt
ihr seid wohl komplett verblödet

SCHWESTER
Ich geh
Geh weg
laß mich vorbei
hier

MUTTER
Kinder
ich bitt euch
Vater

VATER
Ruhe hier

SCHWESTER
Raus
jetzt jetzt schnell

VATER
Ich brech dir jeden Knochen

Schwester

Laß mich raus hier
laß mich los
da jetzt

Mutter

Himmel hilf
Hilfe

Vater

Ruhe
ein Ton noch
und ich hau dir hier diese Scherbe
jeder hier

Schweigen

Ruhe

Schweigen

haue ich das
hier
in die Gurgel

Drei
Morgengrauen

»am blanken
Wundenspiegel vorbei«

Bett
Essensreste, Kleider, Zeitungen
Chaos

Vater
Blutrausch
ruhig gestellt
ich soll hier fest gehalten werden
medikamentös
richtet sich auf
Injektionen
gegen meinen Willen
sinkt zurück
ein neues Bild
schwebt mir vor Augen in gewaltigem Format
ich sehe vollkommen neue
Farben ein nicht da gewesenes Rot
rubinrot arteriell
die alten Theorien habe ich
alle verworfen alles
muß vollkommen anders nein
nein im Gegenteil
muß was
wie
möglicherweise durchdringt ein Schattenreich
das Universum Ich

fühle deutlich Beschuß
alles wird gegen mich
verwendet die Polizei Genickschußtrainingslager
schließe die Augen
horche höre
nichts die alten Sätze ferne
Dinge werden laut Hammerschläge Donnern
eher wird vielleicht ein Mensch wo angenagelt
an ein Holz erinnert mich
mein ich
werde entrindet
getrieben im Blutstrom flußab
ein Aas
jetzt steht der Nebel hell und messerscharf beschnitten
in der Senke exakt zwei Meter hoch höher
als der Kopf des Menschen ragt
vielleicht ein Morgenläufer was da hoppelt und
übernächtigt löscht der Nachtarbeiter
jetzt das Licht tritt an das Fenster und blickt
wund und heiter in das Graue überreizt
ein zeitloses Rechteck der Himmel
steigt so steil so sanft das silbrigpfeilige
Flugzeug durch die Lüfte hoch empor weißbeschweift
erbricht ein kranker Mensch im Schwall sein Lungenblut
oder eine alte Zigarette die er einst
In des Lebens Frühlingstagen O Musik erklingt mir
frech und froh ins unwiderstehliche Zellengewirk
des Jünglingsinneren inhalierte auch Lindenduft
nächtlich und tags Getrieb und Zorn alles
bleibt nichts vergeht
ohne Wirkung die dunklen Ähnlichkeiten sind
nur zur Schande der Wissenschaft ersonnen Gewalt
täter von Beruf Psychiatristik Polizei professionell
Genickschußtrainingslager gegen meinen Willen
hat man mich gefesselt behandelt
ich habe niemanden erschlagen nichts gesagt gebrüllt

nehmen sie erstmal ihren lächerlichen Kleinfinger
aus meinem Popo
ungezogenes Pack die Psychiatristen unglaublich
sanft zur Seite gesunken schläft ein Knabenkopf
an der ausländischen Vaterschulter lasterfahrend in die
Arbeit Großmarkthallennähe Fleischgeruch Verwesung
Schlachterei
hier liegt wertvolles Material vor Schweineschädel
unter Strom sanken die Tiere nieder verfielen
in Krämpfe der Elektroschock ist eine Therapie
der Erfahrung und Evidenz
bei Depression Ich bin nicht
depressiv ich bin nicht
einverstanden mit ihrer sogenannten Therapie gebrüllt
ihr Schweine ihr obligaten Kretinisten in Panik
kreischt wo ein Katze oder ein ins Gesicht
getretenes Kind
vieles muß man wissen kommt vor die Welt ist alt
und übel alles Material der Geschichte keineswegs
vollkommen unerfaßbar was geschieht ist Gegenstand
der Kontrolle Klassifikation Erhebung
richtet sich auf
der Ordnung des Materials
Eintäfelung
der Kenntnisse der Dinge
sinkt zurück
Schönheit Licht
ist Folter mein eigener Vater hat zum Sterben
zehn Jahre lang gebraucht im Bett gelegen gefesselt
eine Hälfte tot nur der Rest vital behindert
insbesondere geistig
enthemmt drängt dem Hirngrund nichts hervor der Haß
ist einzig stetig dranghaft wiederholt Inkontinenz
dysphorischer Affekte dumpf
verblödet
der eigene Vater zehn Jahre lang dement

im Bett gefesselt bin ich ich
bin kein Wiederholungstäter Mord
war nicht geplant ein altes Eingeweidemesser Gott
mein Himmel ein altes Messer gut niemand
soll sagen Versöhnung ist nicht
möglich Vergebung im Traum
habe ich euch allen Verzeihung gewährt bittend
um den Wasserschluck Finsternis
Aufschub des Tages ich hasse
das Licht des Morgens täglich Geburt
der Sichtbarkeit der Welt elend starrend
fahl vor Dreck und Wille nicht
zu werden nichts
zu sein
ich
bin seit dreißig Jahren tot
im Inneren
Verwüstungen der Seele Dörre
stolz und feierlich geheimnisvoll zugrunde gehen
ist Dreck ich
öffne das Herz
die alte Wunde Fensterkreuzleuchten gegenüber
im Hausverputzdunkel stählern das erste Lichtschlaglicht
jedes ein Familienkerkerkruzifix zu verriegelt es
geschieht innen daß der Mann die Frau schlägt ziemlich
zornig Schreie hörbar nichts keine
Zeugen die Kinder
werden wo auch zart gekost geliebt so geht das Leben
weiter alles pflanzt sich fort unglaublich
sogar die Güte und das Glück versöhnlich
zuckt nach einer dürren fremden eine leichte Hand und
alles stürzt
ins Gleichgewicht
gewaltig allumfassend das
Verlangen das Universum zu vernichten
Fäulnis Wolken Blei Blei

Hilfe Rufe Hilferuf
ich habe einen alten nackten Hund krumm in ein Wasser
winseln sehen süchtig
peitscht ein knotiger Strick lügnerisches
Fleisch das als Mensch am Boden liegt gestürzt
in der Enge steigert die Enge des Augenblicks
die Größe der Furche der Qual im Gesicht
stehen alle Schmerzen miteinander in Verbindung wie
kommt das was vor kommt vor ein Turnschuh
wird über einen weiß besockten Fuß gezogen ein Vulkan
zerbricht ein Morgenschichtler tritt vom Schlaf ermüdet
an sein fremdes seine Arbeit ihm entgegen
flößendes fließendes Band ein Hustenstoß
fährt aus einer Brust einer Feuersbrunst glühende
Funken lodern in einen pechschwarzen Himmel wo
auf irgendeiner anderen Seite der Erde ist immer
jetzt Nacht und immer trocknet Blut rostbraun
es bringt der Tag was nachts geschah zutage ich
fürchte mich fürchte
mich ich
trage selbst die fahl leuchtenden Balken des Todes
heller als der Himmel hängt jeder lebenslänglich
hin genagelt eifersüchtig gehütet die Kontingenz
einer zu sein ich der lebt jetzt
bin ich da es ist sonst nichts
bekannt ist was ist bekannt
ist was war sonst nichts
richtet sich auf
es ziehen ja wirkliche Vögel
tatsächlich dahin
ungestört
sinkt zurück
interessante Befunde
über den somatischen Vorgang des Erinnerns
haben Neurophysiologie und Molekularbiologie erhoben
diese Forschung ist jedoch noch weit entfernt

von einer Aufklärung
bekanntlich
ist selbst die Thanatologie
nur eine unsicher nach Begriff von ihrem Gegenstand
dem Tod tastende Wissenschaft unsicherer Zeichen
des Todes Auslegung sicheres Zeichen ist Fäulnis
im Unterbauchbereich zunächst rechts graugrünliche
Färbung der Haut später schlägt der tote Leib Fäulnis
Blasen deren Inhalt mit der Zeit dunkelviolett wird
die Konjunktiven trocknen graubräunlich ein das Skrotum
wird braunrot und fest am längsten können Spermien
überleben bis zu achtzig Stunden postmortal unglaublich
lächerlicher als im Leben lächerlich im Tod das Leben
überall Brutalität des Vitalen sensationell banal
die Ketten von Kausalitäten lächerlich die Rupturen
Traumata Thromben Nekrosen die Intoxikationen ein Witz
die Meningitiden Embolien Infarkte rapider Verfall
Atemnot eben noch alltäglich Brustschmerz dann Exitus
plötzlich
tritt der Tod ein unberechenbar plötzlich endgültig
hat jemals jemand um das Leben gewinselt
vor der Geburt nie niemals
habe ich mich verlangt
von keinem zu sein
in diesem Dreck
hier Dreck
Leben zu leben
da sein zu müssen
warum von wem mir angeschafft
die Existenz bis nach dem Tod nach dem Tod
hat niemand niemals niemanden um das Leben angebettelt
wann tritt der Tod ein wie warum
vier Töchter verschuldet wie getrieben
ohne Sinn ohne Verstand die Medizin
kennt keine Antwort auf all die Lebenswucherung
warum verwirrt sich ein einst klares Hirn und wie

entstehet die Träne wie der Gram
falsche Enzyme Ganglien Neurone ratlos
steht die schlaue Medizin vielleicht dümmer da
als der klügste Philosoph mit den alten Fragen
in der Hand all das ist alles
furchtbar düster unerträglich
die Idiotie der Fortpflanzung der Fortpflanzung
selbst jedoch ins Netz gegangen einer Frau
Lachfigur natürlich Frau Familie Ende
alles aus ich habe nicht ich habe mich nur
zur Wehr gesetzt ich habe nicht mit Mord gedroht
plötzlich hatte ich wohl ein Messer in der Hand
oder ein Beil was das war

richtet sich auf

ich lasse mich nicht
auf diese Vernichtungstherapie ein
auf ihre sogenannte

sinkt zurück

gegen meinen Willen hat man mich hier
medikamentös mit fremden Injektionen
ruhig gestellt
Genfer Konvention alles
Lüge Verletzung Grundrechte Mord
die Drahtzieher sitzen nicht hier sondern anderswo
hier sitzt ein alter Mann gebrochen
setzen sie ihre lächerlichen Elektroden lieber
am Kopf der Existenz an und nicht an dem trachealen
Flimmerepithelzellenlein des Kosmos das ich bin
vielleicht vielleicht auch nur ein Molekül fauliger
Jauche in irgendeiner vergessenen Schrunde der Haut
des Universums Ausdehnung folgt bislang
durchaus unvernünftigen Gesetzen

richtet sich auf

in der Theorie
in der Theorie

sinkt zurück

nicht die meine meine Theorie
ist Randbedingungsspezialismus zur Vernichtung
der Raumzeit im Anfang ein verschmiertes Objekt
Kollapsvorgänge der Quantengravitation beschreibbar
final das kosmische Gesetz anthropozentrisch
zu denken Universalexitus
erosiv nässende Rötungen
verschiedener Trichter
führen auch am Menschen verschmiert
via diverser Löcher
ins Innere
was ist da wo schwarzer Brei ist
aus Schleim und Dreck
vielleicht sind auch schwarze
Löcher nicht vollkommen
schwarz es ist nicht gesagt
richtet sich auf
ob das Trinken
den Menschen verbessert
seelisch
geistig
sinkt zurück
oder im Gegenteil
ruiniert
zuinnerst zuinnerst ist ohnehin jeder lebendig verfault
die Eingeweide
Eingeweide Innereien ein Tier
schnappt nach Luft wo aufgetaucht der krumme Hund
von vorhin ist noch alles da mancherlei
zieht fort bewegte Luft und nennt sich Wind
weiter oben in der Höhe ist die Erdoberfläche
ständig schneebedeckt die Klimatologie ermittelt
Schwankungen aus Gletschergrenzen Monatsmitteln
und extremen Werten über die Jahrtausende hinweg
zählen die Astronomen nach julianischen Tagen
beginnend mit dem wahren Mittag des ersten Januar

viertausendsiebenhundertdreizehn ante Christum natum
demnach hat der erste erste neunundsechzig Weltzeit
null Uhr die Nummer zweimillionen vierhundertvierzig
tausend zweihundertzweiundzwanzig kommafünf die Form
der Sandkörner ist Zeuge der Windgeschwindigkeit
fossiler ferner Zeiten mathematisch erfaßbar
die Spuren im Gestein aller
Geheimnisse des Alls
richtet sich auf
die Wahrheit
ist bekannt
wird geheim
gehalten von wem warum
sinkt zurück
ist Malerei Lüge
um wieviel mehr Musik
der Tod
hat das letzte Wort Gelalle
ho ge grafa gegrafa gegrafa gegrafa
Erinnerungen taub verstummt verschollen ich
bin der Riß durch mich
mitten durch ein unheimliches
Totenmal es
ist nicht erkennbar wird mehr Licht draußen
oder steht zu dieser Stunde die Zeit im Fahlen still
winkt die Weide ihr erdseitiges Silbergeblätter hinauf
in den Himmel wem entgegen ein Sputnik zieht vorbei
stählern kühlen Fenstergitterstäbe eine Häftlingsstirn
denn die Erde ist bewohnt möglicherweise gar
spricht ein Richter wirklich Recht wundersame Gesetze
durchwalten nicht nur die Physik auch die Jurisprudenz
ist voller Orakel verführerisch der Sog ins Netz der
alles Handeln erfassenden großartig paranoisch
kontrolliert organisierten Sprachsystemsystematik
torkelnd beginnt ein schwerer Mann mit Kühlschrank
Überkinger Schlucken gegen Brand gewohnheitsmäßig

glücksgewiß den Tag so beginnen glückliche Tage
früher war der früheste Morgen unwiderlegbar mein ich
bin längst verjährt verjährt
der Antrieb Enge Abulie
richtet sich auf
Dürer
die kleine Passion
sinkt zurück
verjährt
verjährt meine rasende Eifersucht
ein Mensch der den Menschen kennt hölzern
die Angst ins Holz geschnitten der Korb das Tau die Locke
der Tod
triumphal alles abgetrotzt dem Schwarz mit einem Messer
Gesichter gesehen die Furchen präpariert den Grundton
schmerzverdüstert alles studiert alles
verjährt
liege ich liege ich ewig
postapoplektisch zehn Jahre lang Demenz
wo kein Hirn mehr ist ist ein Loch freundlich
Hohlraum genannt und Wasser einer Großhirnhemisphäre
Schmelzungsrest Nekrosefolge Grenzvernichtung
der Zustand ist beschreibbar als Defekt der Geschichte
Substanz ist nicht erzählbar die Lähmung die Lähmung
Gebrüll
resultiert schmerzlos zehn Jahre lang kreatürlich
den Existenzdreck von vierundsechzig bis vierundsiebzig
erbrochen als Gebrüll geschunden Mutter Mutter
zehn Jahre lang hat mein Vater jede Nacht ununterbrochen
Mutter gebrüllt das war störend verständlicherweise
das hat sich eingeprägt das bleibt
Muttergebrüll des Vaters bis in den Tod Vaters Gebrüll
dann war Ruhe auch in mir Wüste seither
wenn ich die Frau nicht schlage
wer tut es sonst
die Ruhe ist unerträglich tödlich

Schreie normal alles was zittert in Angst
ist sichtlich am Leben ein Trost
meinen wunden Augen
die Atonie der Muskulatur ließ im Lauf der Jahre
das eine Auge immer tiefer nach hinten ins Innere
des Kopfes versinken möglicherweise schrumpfte es
außerdem es hat auch viel getränt übrigens
konstitutionell tief liegende Augen beim Vater
bei der Mutter bei mir hat sich das Erbe durchgesetzt
die Frau neigt leider zum Basedow fürchterlich
dieser sinnlose Druck nach außen dumpf am falschen Ort
das Auge ist ein Einfallsorgan es leuchtet ein wie sehr
dieses vom Kopfinneren langsam aufgesogene Auge
meines Vaters meine Existenz bestimmt hat meinen Beruf
deine Malerei ist Lüge so zehn Jahre lang das stumme
Argument der väterlichen Gesichtsasymmetrie
richtet sich auf
gegen mich
gerichtet
sinkt zurück
die Welt die Welt
habe ich gegen mich mich
sonst nichts nichts ist lächerlicher
als die Freiwilligkeit mit der im Gegensatz
Kerker eingeriegelt von Mauer zu Widerspruchsmauer
geworfen der Kopf die letztmögliche Bewegung
vollführt bei minimaler Amplitude Glück
Fiktion in Wahrheit Stillstand alles
freiwillig gelähmt freiwillig
die Widerspruchsmauer gewählt zum Schädel wund
schlagen der nackte Schädel aber schlägt
sich an nichts mehr wund nie mehr
nichts an nichts
Berichte vom Blick des gegen Gegenwehr verschwindenden
gelähmtseitigen Auges des Vaters sind Bankrottberichte
meiner selbst natürlich keine Erklärungen reißende

Tiere Selbstbezichtigung ununterbrochen wilde Flüsse
Existenz Verzweiflungs Fertigkeits Abscheu
Selbstabscheu Ekel
Selbstekel
Ekel
was mich aber traurig macht die
Menschheitsgeschichte
das Handwerk die grundsätzlich falschen Voraussetzungen
in allem Staat Familie Ordnung Recht wo nur Kummer
und alles mit allem in Zusammenhang
ist und Beweis für alles
und falsch

MUTTER
Schlafe
Schlafe
er schläft

SCHWESTER
Was ist geschehen

MUTTER
Das ist gut

SCHWESTER
Erschlagen
liegt er da tot

MUTTER
Er ruht endlich
Ruhe

SCHWESTER
Das ist nicht normal
was ist passiert

SCHWESTER
Die Polizei
war ein Fehler

MUTTER
Die Rettung die
Ärzte

Schwester
  Im Schlimmen
  das Schlimmste
  die Psychiatrie
Schwester
  Gejammer
  Klage
  aber was
  ist passiert
Mutter
  Draußen dämmert es
  schon
  wird es doch nach allem
  wieder Tag
Schwester
  Hoffnung
  auf Rettung
  von außen
  der Fehler
Schwester
  Bruchwerk
  Schrecken
  Qual
Mutter
  Den Scherbenstumpf der zerschlagenen
  Bierflasche hat er als Drohung und Dolch
  geführt und vor sich her gefuchtelt
  und um sich geschlagen
  abgebrochen haben wir den Kopf
  verloren ich hatte keine Angst
  nicht wirklich aber ein Mißgeschick
  nämlich wir waren sehr starr
  er wollte raus
  er schlage uns tot
  hat er gebrüllt
  wie immer aber ohne Ton

habe ich alles still gesehen
er stand an der Treppe und schwankte
den muß man stützen gedacht der darf nicht
raus der kann so nicht fahren
er hat die Autoschlüssel
die von ihm selbst versteckten
nicht gefunden gefordert gedroht
plötzlich
hat er das Messer in der Hand
am hoch erhobenen Arm geschwenkt
wie winkend wohl
plötzlich
kein Gebrüll mehr automatisch
geschah was geschah das
Licht war weg aus mit einem Schlag
stockfinster erstarrt
wir in den Ecken
das ist schlecht jetzt
habe ich gedacht
daß es so dunkel ist
ausgerechnet jetzt
und es war natürlich
vollkommen still
und oben flog das Messer
das dauert
lange
so langsam
verging die Zeit
gedacht seltsam jetzt
kann mir nie mehr ein Leid
weh tun
wie gut
alles endet
oben gezackt hin und her durch die Luft
und an die Blitze hing hin gebunden torkelnd
im Dunklen noch dunkler

sein Schatten

VATER

Im Würgegriff
bin ich
der Körper
von Fremden
feindlichen
Mächten unterworfen
mir nicht bekannten Gesetzen
Gesetzloser Finsternis verratener Häftling
im eigenen Fleisch und Blut
eingekerkert pulst etwas

richtet sich auf

was

sinkt zurück

juckt
von innen
an der Haut unerreichbar
ein Interdigitalraum stumm
störend im linken Fuß ist auch die Ferse
bleich und dünn gescheuert möglicherweise
unwillkürliche Bewegungen im Schlaf nur
partiell zu kontrollieren willentlich
rasche Haltungsänderung einzelner Glieder
Grimassieren Bewegungsunruhe choreatisches
Zucken im Verlauf Spontanremission
vorzugsweise über Knochenvorsprüngen
bilden sich Knoten unsichtbar Haare sogar
Zähne wachsen autonom und progredient verborgen
in schleimhautbehäuteten Höhlen zuinnerst
Entartung
oft vorhanden häufig verkannt

richtet sich auf

verkannt

sinkt zurück

abdominale Schmerzattacken

unklarer Genese chronische Wiederkehr
von Krämpfen angefallen unter Wehen
tritt maligne Wucherung neoplastischen
Gewebes Kot beschmiert aus einem Loch
voll Dreck in alten Dreck hinaus
wahnsinnig vital jedoch
bewußtlos
die Katastrophe der Katastrophen Leben Werden
treiben Natrium Kalium Kalzium
durchflossene Muskelfibrillen elektrisch
erregt vom Sinusknoten befeuert zu konvulsivischen
Kontraktionen von Kammern an Klappen vorbei
durch schlauchförmige Räume Luft
beladenes Flüssiges
Blut
schießt literweise
so getrieben natürlich rasend
auch durch ein falsches Loch einer knorrigen
kaputt gegangenen Aortenwand ebenso bewußtlos
hinaus ins Innere des Leibes wieder
unter Krämpfen Stechen Schmerzen
gebiert so das dumme Leben
Tod
richtet sich auf
lächerlich
sinkt zurück
der Körper
ist lächerlich unbrauchbar
grundsätzlich Dreck
erst die Leiche
ist rechtlich faßbar als wirkliche
Sache die da ist
dann verfault
mit der Zeit
weg ist
fort

das bleibt
schließlich und endlich
endlich so
in Ruhe
still
richtet sich auf
Zentralruptur geschlachtete Pferde Bazillus Bluthund
sinkt zurück
in mir
Gebrüll
eines beinernen Gerippes
Knochen schlagen nackt auf nackte Knochen
dürr im Schub extreme Kachexie
gleichzeitig perniziös aktiv
der Osteoklasten Fraß
Zermürbung Einschmelzung Zysten
auch hier entstehen
Löcher
Hohlräume
Schläfengehämmer
richtet sich auf
aber wie kalt ist die Leere des Weltraums
sinkt zurück
draußen herrscht Dunkel
grundsätzlich
wie das furchtbare Grauen der Tage
täglich morgens beweist
oder der Vorhang ist zu gezogen
vielleicht liegt auch ein Schleier
über allem oder alles vergeht stürzt
zusammen verändert sich im sibirischen Eis
hat man als immer feinere Geschenke des Lebewohls
der Erde jahrtausende alte riesige Tiere
entdeckt
richtet sich auf
angeblich

sinkt zurück
  ist es gefährlich
  allzu schlau sein zu wollen
  es entstehen aber Fragen
  aus dem Schmerz
  den die Sinne
  wirklich mir vermelden
richtet sich auf
  goldener Staub
sinkt zurück
  zieht einen Streifen leuchtender Materie
  am hautbesamteten Firmament des Schädeldachs
  von Nord nach Süd und gabelt sich
  in meinem Kopf
  ist eine tiefe Furche
  in der Mitte
  des Gehirns
  verantwortlich für alles
richtet sich auf
  möglicherweise
sinkt zurück
  stinkt nur das Laken unter mir
  nach alten Frauen Monats Binden
  manche Löcher am Menschen
  dünsten andersartigen Geruch aus
  widerwärtiger als manch eine Kloake
  Löcher insbesondere bei Frauen
  Abscheu erheblich lebenslang Abscheu
richtet sich auf
  irreversibel
sinkt zurück
  natürlich
  sind Läsionen denkbar
  peripher am Olfaktorius
  oder auch zentral
  eine gravierende Erinnerung

an den in stinkender Geburt
mir gegen meinen Willen
aufgehalsten Existenz Gestank des Lebens
des menschlichen Geschlechts
richtet sich auf
schutzlos
sinkt zurück
und ungefragt
geboren
wider
Willen
richtet sich auf
ich
sinkt zurück
über wach
aber vom oberen Sternumrand
bis zum os pubium mit einem Prankenhieb
leider rot und tief aufgerissen
Rippenfransen im Bereich des Thorax
Knochenmark Spritzer weiter unten weiches
Bauchgekröse Leberfetzen Kot
überall Wunde und Schmerz nirgends
die erbetene Erklärung der physiologischen Grundlagen
von allem Fleisch und Fleischlichem
Intoxikation mit manischer Diasystolie
zyklothyme Prozesse mögen Basaltatsache
des Vitalen sein häufig jedoch nur monopolar
angelegt zum Nachteil des Betroffenen
eine Lähmung die anhält
bei mir
allein
in mir eine unersättliche Müdigkeit
der Wunsch zu schlafen
seit Stunden natürlich geschlossene Augen
automatisch bewegt sich die Zunge ununterbrochen
Gescheuer am wellengekreuselten Gaumen

Gebeiße Knacken Mahlen metallener Plomben
manchmal bricht ein alter Schneidezahn ab
wird verschluckt
möglicherweise später ausgeschieden
auf natürlichem Weg oder verschwindet
in einer Aussackung von blindem Darm
wo sich gerne Eiter bildet
Prothesen sind auch keine Lösung klappern
am Oberkiefer kaum sicher fest zu saugen
bilden unter der Oberlippe gesichtsentstellend
weithin sichtbar einen körperfremden Wulst
der verrutschen kann bei Wut
maligne Progredienz des Alters
Vordringen von Verfall
Dedifferenzierung destruktiv
alles hängt nur noch
je älter desto störrischer
an dem lächerlichen bißchen Lebensrest
richtet sich auf
ein Witz
sinkt zurück
welche Funktion zum Beispiel hat der Lärm
in meinem Ohr atmosphärisches Rauschen Schwindel
Gefühle bei vollkommener Bewegungslosigkeit Druck
am Trommelfell bildet sich grünlich gelb Grind
ganze Pfropfen überall stinkender Abfall
Ausscheidungen unbrauchbare Sekrete
sogar Parasiten schmarotzen am Mensch als Wirtstier
lange Würmer fressen sich durch den Darm durch
in festes Fleisch kapseln sich ein
irgendwo und vermehren sich
vermehren sich
richtet sich auf
unkontrollierbar
sinkt zurück
so wie die Himmel auf reißen können manchmal

und ein fliegendes Flugzeug zu sich nehmen
oder die See ein Schiff oder der Berg
mit einer weißen Lawine von luftig donnerndem Schnee
einen einzelnen Menschen
schließlich
verschwinden auch Socken
von juckenden Füßen die frieren inzwischen
bewegt sich da nichts mehr wo vorhin noch Zucken war
alles schwindet
nämlich wird weniger
bewegt sich kaum noch ein ausgefallenes Haar
sanft geht manchmal Urin ab
tröpfelnd
richtet sich auf
tröpfelnd
sinkt zurück
warm zunächst
bald kühlt das ab
stört dann
sinnlos
alle Triebe
längst längst erloschen
was ist ist Idiotie in meiner Lage
Geächz verworren bin ich mir
ein Gerücht nur noch
meiner selbst
Erinnerung
an das Verlangen die Schönheit
selbst zu schauen
schrecklich
verlorene Zeit
schreckliche Zeitvergeudung
ich bin nämlich unfähig
richtet sich auf
unfähig zuinnerst
sinkt zurück

still still
das Herz rast
im Rumpf bläht sich die Lunge
pochend
erreicht etwas
pochend
den Kopf das Gefühl
pochend
unter Beschuß neuralgischer Salven
völlig verdorrt zu sein
trotzdem wühlen kleine helle
Würmer
sich in meine Augenwinkel
dringen abscheulich
grausam
in mich ein
gegen meinen Willen
pochend
pochend
pochend
geht der Tag
gegen mich vor
mein Widersacher
tritt ein morgendlich
der Würger
leichenfarben
fahl

MUTTER

Fächelt die Frühe unsichtbar
Wind zu der trotzigen Wange tränenbetaut
entfährt manchmal dem Schlummer ein Stöhnen
denn auch der Schlafende denkt oft falsche Gedanken
wie jungenhaft jetzt das Kinn sich rundet
wo vor wenigen Stunden noch hellwach Haß
gemeißelt gezackte Furchen gegraben
er schläft

nicht wahr
kommt Kinder seht
immer noch
schläft er
ruhig wenn auch schwer
atmend bedrückt vielleicht von einer Last
auf der Seele die Seele ist nämlich kaum zu entziffern
und verborgen und dunkel und sehr eigen getrieben
unerforschlich tief und reißender
als jeder Schlaf
gütig bewacht
vom kräftigen Engel
gütiger Medizinen

SCHWESTER
Wie gut daß er schläft
gottseidank

SCHWESTER
Ja das ist gut

SCHWESTER
Erzähl was

SCHWESTER
Ja was schönes

MUTTER
Was schönes

SCHWESTER
Ja was von früher

SCHWESTER
Erzähl was von früher

SCHWESTER
Wie früher

SCHWESTER
Was was wir schon kennen

SCHWESTER
Das ist das schönste

SCHWESTER
Erzähl was

MUTTER
Was
SCHWESTER
Was wir schon kennen
SCHWESTER
Wie früher
SCHWESTER
Erzähl was von früher
MUTTER
Ach
das lustige früher
und ich bin so müde
von so viel zu viel davon
SCHWESTER
Dann sie
SCHWESTER
Ich mag nicht
SCHWESTER
Also sie
SCHWESTER
Wieso ich
SCHWESTER
Nein ich
SCHWESTER
Sie
SCHWESTER
Genau sie
SCHWESTER
Erzähl
SCHWESTER
Fang an
SCHWESTER
Sie war nicht dabei
SCHWESTER
Nein ich war nicht dabei
mich trifft keine Schuld

SCHWESTER
Im Gegenteil
ist sie schuld
weil sie ging
SCHWESTER
Ist genau sie
genau schuld
SCHWESTER
Lüge
SCHWESTER
Er also
das Messer in der Hand
und das Licht war aus
und die Stille der Stille und alles
in mir wallte auf und zog sich zusammen
entschlossen
war in diesem Moment es ist genug
mit seinem Drohen und Schweigen und Gnade gewähren
und genug Rücksicht genommen auf ihn und ihn
zu verstehen versucht genug sich haben anschimpfen
lassen weit mehr als genug und gerecht ist
genug endlich alles immer entschuldigt jede Bosheit
jede Gemeinheit und Ungeheuerlichkeit alles zur Neige
entschuldigt mit seiner Arbeit und seiner Krankheit
und genug von unseren schuldbewußten Selbstvorwürfen
daß wir da sind und unser von ihm verschuldetes
Dasein ihn stört genug unser eigenes Leben hassen
gelernt genug Selbsthaß geübt daß es reicht
jeder von uns für eine eigene lebenslängliche
Selbstzerstörungsexistenz
genug
und ich sah wie er dunkel schwankte
und fiel von hinten ihn an ihm in den Rücken
und riß ihn nieder und schrie aus voller Kehle
alle Angst allen Zorn allen Schreck meines Lebens
ihm ins nackte wie von Blitz und Donner geschlagene

schon zerstört auseinander stürzende Gesicht
da war auch das Licht wieder an
und das Messer war ihm entfallen
und alle rückten ihre Starre brechend her
mir zu helfen ihn zu halten
und er wehrte sich und brüllte jetzt
Dumpfes Rohes kaum Verständliches
ich kann mich auch nicht gut erinnern
an einzelne Worte aber seine Kraft
in den Armen und Beinen nahm wieder zu
und so unsere Angst erneut Panik
daß er sich frei windet
und eine rief telefonisch Hilfe
und die Polizei kam
und all das ging sehr schnell

SCHWESTER

Die Polizei war ein Fehler

SCHWESTER

Die Rettung
dann haben sie ihn mitgenommen
wir euphorisiert einen Moment
dann ratlos
dann nur noch betrübt
dann der Anruf aus der Klinik

SCHWESTER

Psychiatrie die
Hölle

SCHWESTER

Verwahrung Zwangsbehandlung gerichtlich
Anweisung Einweisung Selbstgefährlichkeit
Polizisten Ärzte
fremdgefährlich angeblich tablettensüchtig
insgesamt schwer krank
Krise heilsam
Monate
Waschbeutel

bringen
gleich oder morgen
wirr geredet sei jetzt ruhig
schlafe
schlafe
jetzt

MUTTER
Still
sprich leiser
er wacht nämlich auf
wie er sich dreht wie unter Qualen
zu hören was er hört jetzt noch nicht
hören kann aber hören wird müssen nicht
jetzt jetzt soll er wie er da liegt so hohl
und eingefallengesichtig und augfortgesunken
so löchrig im Schädel gesund sich schlafen
und nichts nur der Schlaf selbst
das Vergessen soll wachend
bei ihm stehen heilend

SCHWESTER
Und alles wird wieder wie früher gut

MUTTER
Immer ist wie es immer war
elend das Elend
im Sturz
still gestellt

SCHWESTER
Wie früher

MUTTER
Er zuckt
und bewegt sich
jetzt wieder
hinaus

VATER
Frost
der Idealzustand

allen Materials am absoluten
Nullpunkt ist exakt berechenbar
Härte
richtet sich auf
theoretisch
sinkt zurück
ideal
wo man ab bricht daß einem graut
mir vor mir selbst daß man sich weg streicht
aus dem Dasein diese Energien dieser Energien Klang
Sog einer unvergleichlichen Unordnung Herrschaft
brechen
ich bin aber da unabänderlich dies Stück Fleisch
nämlich liegt gelähmt da und friert und nichts
bewegt sich und so weiter und alles steht
still und ist kalt und dauert
übel
richtet sich auf
in Wirklichkeit
sinkt zurück
das menschliche Elend
alles
der Widerhall der Menschen Elend
wie kommt das
Ausweglosigkeit
wo beginnt alles
Kalkül
richtet sich auf
Kontrolle
sinkt zurück
der Ursachen aller Ursachen Wiederholung
ein letztes Mal
Reduktion
der Lärm des Scheiterns
Gesetz
des Lügengesetzes Kunst Lebenslügelüge aufhören

aufhören aufhören enden
nie wieder davon sprechen
die Musik natürlich
ja Melos und ach der Wunsch nach Lied und Takt
ein Dreck zum Beispiel
achtzehnhundertneunundachtzig eine Jahresziffer
stinkend faulen Zähne in Mündern vor sich hin
Mundgeruch beim alten Menschen kommt vor
häufig in Verbindung mit Uringestank der Tod
schleppt sich nämlich hin als Sterben
anstatt entschlossen einzutreten dauert das
im Normalfall ziemlich grausam lange an natürlich
ist der Suizid eine Möglichkeit die keine ist
siehe mein Vater zehn lange Jahre lang
halbtot im Bett gelegen suizidal
ununterbrochen zu schwach natürlich zu feig
siehe Wien sein Wiener Existenzhaß ewig
Todeswunsch süchtig bekundet Selbstmordabsicht
genannt Freitod sein Vitalanaleptikon die Drohung
mich mißbraucht von Kindesbeinen an die Angst um ihn
siehe die Kirche das Schwein und so weiter und so

richtet sich auf

all das

sinkt zurück

immer hier in mir
Engramme
nicht zu löschen
der Speicher der Geschichte
ist quälend
übervoll läuft aber über
niemals

richtet sich auf

nie

sinkt zurück

so das All
die Unendlichkeit der Räume

ist lästig
ein Nasenlaufen zerebralen Liquors sehr stetig
auf die Dauer tödlich natürlich
das Verschwinden von Fragen
unbeantwortet leider
gerade die größten die verschwindendsten heute
verboten auch oft
stört das
am meisten
den der denkt
die unbeantwortetsten ausgerechnet
die verbotensten und verschwindendsten
vielleicht verschluckt von einem Dunkel
des letzten Jahrhunderts
Schlamm und Dreck Folge nein
richtet sich auf
nein nein
sinkt zurück
Leier
ewiger Idiotie
der Mensch hat
aber den Mond betreten neunzehnhundertneunundsechzig
schön
der Verschwendungsreichtum
hinaus geschleuderten Materials
das am Konzentrat letzter Abstraktionen
Quersumme null null null ad infinitum
irgendwo fern zerbirst
und im Nichts zu Nichts zerstiebt
herrlich endgültig ist
denn alles was gewesen ist
richtet sich auf
ist
sinkt zurück
vergangen ewig
bleibt so

gut
ich
der Schlachtenmaler
dreißig Jahre nichts dreißig Jahre
Monolog
kein Bild
das ist ein Fehler gewesen
die Familie
es ist kein Fehler gewesen
zu rechnen
was es nicht gibt Dialog
betrüblicherweise wovon man träumt
eine Jugend lang
dann die Arbeit
nur noch Schlachten
Malen ist kniende Kunst und heißt siegen
was nicht sehr bekannt ist unter Malern
denn denken ist rechnen
das heißt Addition und Subtraktion
von Namen das heißt alle möglichen Möglichkeiten
als möglich erkennen und verwerfen
das heißt vernichten
was übrig bleibt
richtet sich auf
nichts
sinkt zurück
das ist das Problem die Kunst
alles nicht zu tun
und doch
nicht nichts zu tun
zum Beispiel
ich
weshalb man mich zwangsbehandelt hat und so weiter
Konsequenzen Konsequenzen
weshalb ich mich nicht beklage
die Logik in allem

von Anfang an
die Familie die Hölle
beweisbar die Frau ein Schleim
die Kinder die Pest
die Stille
der Lärm
und so weiter die Zeit
die vergeht das Alter Gestank der Haß
richtet sich auf
grundsätzlich
sinkt zurück
Haß
maßlos
in allem und gegen alles und so weiter und so fort
der Lebensekel
diese Konstanz des Versagens
unbeschreibbar sogar der Musik zuletzt
und einzig mein Flügel
natürlich ein Witz
aufhören
zu lachen
Schwein
die Verlassenheit von allem
die Gewalttätigkeit die resultiert
das stinkende Laken hier
die Schwäche
der Sphinkteren
Moral Trauer Ohnmacht
Zwergwuchs der auftritt
um den Menschen zu verhöhnen
Amputation
aller Glieder kommt vor
die Instinkte die Plötzlichkeit
von Schatten
die Macht übergangslos
der Charakter eine Zerrüttung

richtet sich auf
verrottet
sinkt zurück
alles
die Auflösung
anfänglich
das Nichts und der Mars
und Menschenseele und die Klippen
und die Erdmeßkunst
das Meer
die Brandung die Erinnerung
Verbrechen und Altes und unerträgliches Glück
die Hitze
der Widerwille
die Folter
Unendlichkeit
und morgens schon Tau
ein Halm und zu viel Kürze
oder ein fremder Stein
die Dinge die Dinge
vulkanisch
sinkt zurück
der Haß
sinkt zurück
Posaunenstoß

Stille

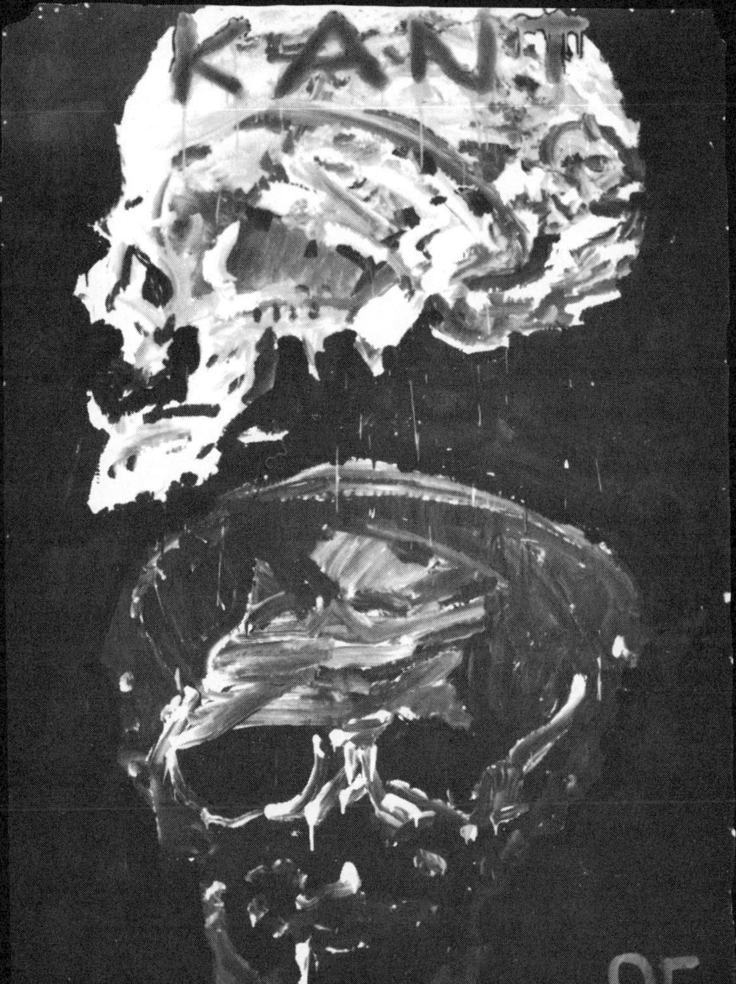
KANT

Kolik

Person

Mann

»Rigor, Kontradiktio, Sthenie«

Kammer

Gellender Schrei. Lichtblitzblitz. Schreibtischstuhl. Verwesender männlicher Leib. Geruch von Tod. Finsternis. Prestissimo volando. 17 Sekunden. Gesang.

»Die Zeit läuft.«

Mann 1

Hirn
Dreck
Mann
Ras
Los
Schnell
Schnell
Da raus
Mensch
Mann
Los los
Da still
Zeug Scheiß
Hirn Hund Dreck
Dreck
Dreck
Dreck verdammter Hund verdammter
Still da
Hirn Scheiß
Gott verdammter Dreck verdammter
Aus da
Scheiß Hund
Sau Hirn Mensch
Mann da raus da
Weg

Scheiß Zeug
Da nichts da
Drecksverdammter Gott verdammter
Drecksverreckter
Hund verreckter
Raus da
Sau verdammter Hund
Verdammter
Mensch Mann Dreckshirn Dreck
Hau ab
Da los
Mann
Los los
Raus da
Still
Mensch Mann hau ab
Hirn
Hund
Dreck
Kopf
Hau ab
Raus hier
Weg da Scheiß
Hirn Mensch Mann
Schweig
Schweig
Schneller schneller aus
Aus aus
Aus
Aus
Aus
trinkt
Still
Still
Ruhe weiter
Was

Nichts nichts
Sei still
Drecks Hund Hirn
Verdammter Kopf
Mensch mach schneller
Weit weit
Schneller schneller
Aus
Drecksdreck Dreck
Ruhig
Aus
Ab
Weg weg
Weg Hirn weg weg
Hund verreckter
Zeit
Weg ab aus nichts was
Ruhig ruhig was
Wieder wieder
Nichts
Nichts
Wieder steh
Still
Was
Was
Zeit Hund Grund
Hör auf
Steh still
Wieder
Wieder steh
Schneller schneller
Schneller schneller
Still
Still
Geh weg
Hirn

Hör auf
Hund
Steh still
Scheiß
Zeit Hirn Hund
Nichts verreckte
Gotts verdammte
Drecks verfluchte
Scheiß verschißne
Zeit
Kreuz Kruzifix Zefix
Herr Gott Sack verreckte
Still
Steh
Wieder
Wieder
Nichts nichts
Auf hör
Weg geh
Drecks Hirn
Sau Hund
Scheiß Zeit
Mensch
Mann
Schnell schnell
Schneller schneller
Ruhe da
Da los ras raus
Hier raus hier
Hirn Hirn
Grund Dreck
Schädel Sau Hund
Arsch Loch Zeit
Mach zu da
Dreck Loch
Smaul halt

Still
Da du
Kopf Loch
trinkt
Zeit
Geh weg
Drecks Loch Maul
Hör auf
Scheiß Hirn
Zeit Scheiß
Scheiß Dreck
Mensch Mann
Hör
Auf
Zeit
Aus aus
Wieder wieder
Steh
Still
Still
Hirn Hirn
Sau Gott
Hunds Dreck
Schneller schneller
Schnell schnell
Weg hier
Raus da
Aus jetzt
Hau ab
Ab ab
Kopf
Verreckter
Verreck verreckte
Gott verdammt
Verdammt verdammte
Zeit

Hör auf
Mach aus
Weg weg
Aus aus aus aus
Mensch Mann Kopf Hirn Zeug
Dreck Dreck
Drecksdreck
Hund
Loch
Sauf
Zeit
Sau
Ab
Aus
Aus
Aus
Aus
Hin
Weg weg
Drecks Dreck Hirn

MANN 2

Umsturz
Umsturz Umsturz
Immer wieder immer
Wieder Umsturz Umsturz
Abbruch
Alles Abbruch
Alles all
Brich
Ab
Alles alles
Abbruch Abbruch Ab
Wollen und wissen und nichts
So nicht da sein und alles fehlen für
Nichts nichts können
Kein nichts kein

Neues neu an
Fang an Anfang fehlen
Fehler Fehler alles
Wissen neu wollen
Fehlen können alles weg
Sein nicht da
Abbruch nicht abbrechen können
Wollen abbrechen Abbruch
Umstürzen Umsturz
Immer wieder immer
Wieder Umsturz Umsturz wimmern
Und wissen nichts nichts nützen
Wissen nicht wie fehlen alles
Wollen neu anfangen Abbruch
Wissen wollen wimmern
Abbruch können wollen
Wimmern wimmern
Fehler fehlen wollen
Neu anfangen wollen nichts
Nichts und wollen und
Wissen und wimmern und nichts
Nützen stürzen brechen
Ab ab um um neu
Neu alles wollen wimmern
Immer wieder immer wieder
Alles alles nichts nicht wissen
Fehler Fehler Umsturz Abbruch

trinkt

Weiter machen müssen
Immer weiter immer
Weiter weiter machen müssen
Still sein wollen wimmern
Flüche fluchen fort und
Fort gehen wollen
Aufhören wimmern
Still stehen müssen

Müssen müssen
Weiter machen
Auf stehen raus gehen
Alles können
Wollen
Wollen wollen
Ab brechen um stürzen
Und so weiter und so
Weiter weiter müssen
Still stehen weg wollen
Flüche fluchen fluchen fluchen
Weiter machen
Alles wissen
Fehler wimmern alles
Alles Wissen wissen müssen
Fehler Fehler Umsturz Fehler Abbruch
Immer wieder wieder holen
Weiter machen weiter
Weiter machen müssen und
So weiter und so fort
Und Stimmen stimmen
Zu zu stimmen nicht
Wieder stehen müssen
Nicht wieder nieder stürzen
Wollen entzwei brechen immer wieder
Da durch müssen
Nicht zu stimmen
Entzwei brechen
Kaputt stürzen
Fehler Fehler
Alles nichts immer wieder
Wieder alles wissen
Alles können wollen
Raus gehen raus

trinkt

Nie

Nie mehr
Da sein
Rum liegen
Raus wollen
Zu stimmen
Durch müssen
Zer brechen
Ab stürzen
Immer wieder sein
Kaputt
Niemals nie
Neu anfangen
Nie mehr
Weiter machen
Immer wieder weiter
Machen müssen müssen
Gründlich neu von Grund auf
Alles umstürzen alles abbrechen
Umsturz Abbruch
Fluch Fluch
Da sein
Zweifel zweifeln
Fehler glauben
Grund ergründen
Neu anfangen
Niemals nie
Weiter machen
Grund nicht haben
Glauben glauben
Zweifel fälschen
Dreck sein
Flüche fluchen
Abbruch
Umsturz
Umsturz
Umsturz

Immer
Wieder
Immer
Wieder
Umsturz
Umsturz
trinkt
Weiter weiter machen
Alles gründlich weiter machen
Neu von Grund auf alles immer wieder
Alles wissen wollen alles wissen wissen
Und so weiter und so weiter und so fort und fort
Immer wieder
Gründlich Umsturz
Allen Wissens contradictio
Alles alles in adiecto Fundament
Endlos Fundamente viel bezweifelt unumstürzlich
Umsturz prinzipiellerweise Abbruch immer wieder
Widerspruch ach so
Ja richtig
Alles falsch
Von Anfang an
Ist alles falsch
Ist alles falsch gewesen
Ist alles falsch gewesen nachweislich
Falsche Fundamente falsches prinzipiell endlos
Unergründlich unanfänglich unbezweifelbar unglaublich
Altes falsches Zeug
Alles alte falsche alt und falsch
Umsturz Abbruch Neuanfang immer wieder prinzipiell
Ausgeschlossen
Da sein
Fundamental eingeschlossen
Raus wollen
Flucht fliehen
Auf stehen

Fort gehen
Ausgeschlossen absolut
Prinzipiell eingeschlossen da sein
Von Anfang an kaputt
Da sein kaputt
Gründlich von Grund auf
Kaputt da sein
Und alles müssen wissen
Und so weiter immer wieder
Und so fort und so fort
Immer weiter weiter
Widerspruch
Da sein
Widerspruch
Umsturz
Widerspruch
Abbruch
Widerspruch
Fundamente untergraben
Widerspruch
Zweifel zweifeln
Widerspruch
Alles
Widerspruch
Von Anfang an
Widerspruch
Widerspruch
Widerspruch
Umsturz
Widerspruch
Umsturz
Umsturz Umsturz
Immer wieder immer
Wieder Umsturz Umsturz

MANN

Kraft
Kraft Kraft
Kraft Körper Körperkraft
Kraft Körperkraft Sinnenkraft
Kraft Sinnenkraft Sinn kraft Sinn Weltkraft
Kraft Weltkraft Welt kraft Welt Ichkraft
Kraft Ichkraft Ich
Ichakt
Selbsterrichtung körperkraftfundiert
Selbsterrichtungsichakt kraft Körperkraftakt
Aller Anfang Körperkraftakt Ich
Ununterbrochen Icherrichtungskraftakt Kraft
Immer wieder Kraft kraft Körper
Dauernd weiter körperkraftbasale Selbsterschaffungskraft

trinkt

Icherrichtung Icherschaffung Icherschöpfung
Ichkraft kraft Zurückstoßkraft
Kraft Zurückstoßkraft Materie kraft Materie
Widerstand kraft Widerstand Bewegung kraft Bewegung
Existenz Existenzkraft kraft Bewegungskraft kraft
Bewegungskraft Zurückstoßkraft kraft Zurückstoßkraft
Materie kraft Materie Ich
Und so weiter und so weiter und so fort und fort
Errichtung Erschaffung Erschöpfung kraft Kraft
Da sein material kraft Kraft
Ist ist da kraft Kraft
So ist so kraft Kraft
So ist kraft Kraft da sein Materie
Als ist kraft Kraft als
So ist Materie als Bewegungskraft Raumerfüllungskraft
Ich ist da sein als Materie im leeren Raum
Kraft Kraft

trinkt

Ich setzt sich kraft Kraft
Gesetztes ist kraft Kraft Gesetz

Ichgesetz ist Kraftgesetz
Kraft Kraftgesetz ist Ichgesetz gesetzt
Ich ist undurchdringlich kraft Zurückstoßkraft
Kraft Körper ist Zurückstoßkraft als Ichkraft Widerstand
Kraft Widerstand ist Ich Ich
Undurchdringlich absolut
Ist ich Ich
Kraft Kraft
Kraft ist Kraft kraft Körper
Und Körper Sinne Sinne Sinn Sinn Welt Welt Ich
Immer wieder immer wieder
Aller Anfang Körperkraftakt Ich
Ununterbrochen und so weiter und so fort
Alles ist von Anfang an Materie kraft Trennung
Trennungskraft ist Existenzerrichtungskraft basal
Existiert Materie abgesondert von Materie
Kraft Trennung abgesondert einzeln
Getrennt kraft Teilung ist Materie da
Ich ist da sein als Materie
Abgesondert abgetrennt
Absolut vereinzelt einzeln
Ist Ich da als Teil kraft Trennung
Teil ist als Materieteil Bewegliches im Raum
Ich ist immer als Materie Subjektsubstanz
Kraft Widerstand ist Subjektsubstanz Beweglichkeit
Bewegliches ist als Teil Beweglichkeit im Raum
Raum ist leerer Raum kraft Subjektkraft absolut
Ich ist material Subjektsubstanz im leeren Raum
Kraft Körper
Körper ist als Körper da
Kraft Trennung abgetrennt ist Körper
Körper ganz für sich abgesondert abgetrennt
Absolut allein
Kraft Widerstand beweglich
Kraft Bewegung frei kraft Zurückstoßkraft
Ist Ich Körper einzig und allein

Absolut absolut
Ichakt Ich
Selbsterschaffung
Körperkraftfundiert
Selbsterrichtungsichakt
Aller Anfang immer wieder
Immer wieder Körperkraftakt
Ich

trinkt

Subjektsubstanz
Ichmaterie Körpersinne Sinn
Welterschaffungsakt kraft Körpersinnekraftakt
Trennung
Trennung ist Welterschaffungsakt
Kraft Körpersinneteilung
Lichterschaffungsakt kraft Sicht
Kracherschaffungskraft Gehör
Geruchskraft schafft Gestank
Und Haut Gejucke
Zungenknospe Bitternis
Und so weiter und so weiter
Und so weiter und so fort und fort
Schaffen Körpersinne Welt
Ununterbrochen Welterschaffung
Kraft Körperkraftkraftakt
Alles Sicht und Krach
Gestank Gejucke Bitternis
Ununterbrochen Widerstandskraftakt
Gegen alles Ichgesetz Zurückstoßkraft
Gegen alles Gejucke allen Gestank
Gegen Bitternis gegen Krach gegen Sicht
Ununterbrochen Widerstand gegen alles kraft Ich
Gegen alle Welt
Setzt sich Ich
Kraft Ichgesetz
Undurchdringlich

Absolut
Material
Existenz ist da
Kraft Materialgesetz Bewegung
Bewegung ist Grundkraftkraft als Zurückstoßkraft
Zurückstoßkraft stößt Material zurück
Unendlichkeit aber ist nicht da
Kraft Material im Raum
Raum ist leerer Raum kraft Material
Material ist da so leerer Raum so Ich im leeren Raum
Kraft Grundkraft Anziehung
Anziehungskraft ist treibende Kraft
Treibende Kraft ist Abstraktion
Abstraktion aber ist nicht nicht da
Anziehungskraft ist abstrakte Kraft
Kraft Material im Raum
Denn Unendlichkeit ist nicht da
Denn der leere Raum ist nicht da ohne Material
Ich ist da im leeren Raum
Kraft Anziehung
Grundkraft treibend Abstraktionskraft
Kraft Abstoßung
Grundkraft trennend Körpersinnekraft
Ichgesetz
Material
Da sein

trinkt

Materialgesetz
Ist Kraft
Ichgesetz ist Kraftgesetz
Kraft Trennung
Schafft Undurchdringlichkeit Berührung
Getrennt ist Ich Ich
Ich ist abgesondert
Ich ist einzig und allein
Berührbar

Kraft Undurchdringlichkeit
Undurchdringlich ist Ich kraft Materialgrundkraft
Bewegung Icherrichtung Icherschaffung Icherschöpfung
Ichakt Ich
Schafft Grenze Grenze schafft Berührung
Berührung ist kraft Abstoßung
Abstoßung kraft Widerstand
Gegen was
Bestimmtes
Widerstand ist Grundkraft gegen alles
Icherschöpfungskraft
Gegen was Bestimmtes ist Widerstand
Grenzerschaffungskraft
Ich ist einzig und allein
Icherschaffungsakt erschöpfend
Grenze ist gemeinschaftlich für Ich und was
Grenzakt ist Icherschöpfungsakt erschöpfend
Berührung ist Icherschöpfungskrafterschöpfung
Grenzerschöpfung erschöpfend fundamental
Ichakt Grenzakt Erschöpfung

trinkt

Kraft
Erschöpfung
Krafterschöpfung
Kraft Erschöpfung Kraft
Und so weiter und so weiter
Und so weiter und so fort und fort
Ununterbrochen Icherrichtungskraftakt Ich
Kraft Zurückstoßkraft kraft Widerstand kraft Kraft
Kraft kraft Undurchdringlichkeit
Undurchdringlichkeit kraft Bewegung
Bewegung kraft Materie
Materie kraft Materie
Materie Materie
Ich Ich
Körper Körper

Sinne Sinn Sinn Welt
Welt Ich
Ichakt Ich
Kraftakt
Kraft

MANN 4

Strenge
Strenge Frage
Strenge Frage er
Ich aber warum warum
Er strenge Frage ich aber warum
Warum ich strenge Frage er
Und so weiter hin und her
Er ha ha ein Reim
Ich ein was
Ein Reim er ich warum
Er was warum warum
Ich was was warum
Nichts warum er nichts
Warum nichts ich warum
Er noch einmal von vorne
Noch einmal warum von vorne ich
Er also also
Also was ich
Er also Strenge Frage Härte Frage Haß
Ich Haß warum warum Haß
Strenge Ordnung Disziplin er
Ich aber warum
Er wieder nichts warum was warum
Schon warum schon warum wieder ich
Gut er
Ich was gut

trinkt

Warum
Warum ich
Immer wieder ich

Frage immer wieder warum Strenge
Er immer wieder was warum was warum
Ich frage immer wieder nur warum
Er nur Strenge Ordnung Haßantwort
Ich Wasantwort
Er Haßantwort
Was ich
Haß er
Ich wieder warum
Er wieder nichts warum
Frage ich ich kann nicht mehr
Er antwortet das gibt es nicht
Frage ich was gibt es nicht warum
Antwortet er nichts gibt es nicht darum
Frage ich wieder warum ein Reim
Antwortet er ha ha ein Reim
Ich wieder ich kann nicht mehr
Er wieder das gibt es nicht
Ich ich kann nicht mehr
Er Strenge Ordnung Disziplin
Ich kann nicht mehr ich noch einmal
Er noch einmal noch einmal von vorn
Ich ich kann nicht mehr
Er Strenge Härte Haß
Ich au au
Er Ruhe
Ich bitte
Er schweig

trinkt

Ich
Frage
Aber warum
Er aber schweigt
Ich frage warum Haß
Er antwortet schweig
Ich frage wieder warum

Er antwortet nichts
Ich frage
Er nichts
Frage ich
Nichtsantwort
Ich au au au au
Ruhe sagt er
Bitte ich
Er sagt schweig
Ich frage nicht warum
Ich sage gut

trinkt

Er
Antwortet
Nichts
Ich wiederhole Härte
Er antwortet nichts
Ich wiederhole Disziplin
Nichts antwortet er
Ich wiederhole Haß
Nichts antwortet
Ich Haß Haß
Nichts
Au au
Nichts nichts
Ich Schmerz

trinkt

Strenge
Härte
Testung er
Ich frage warum
Er sagt strenge Härtetestung
Ich frage warum Schmerz
Er antwortet nichts schmerzt
Ich antworte Schmerz schmerzt
Er noch einmal ganz von vorn

Ich nein bitte nicht
Ich noch einmal nein
Ich ich kann nicht mehr
Er sagt strengste Härtetestung Haß
Ich wiederhole Ordnung Disziplin
Ich sage nicht ich kann nicht mehr
Ich frage nicht aber warum
Ich sage nicht mehr Schmerz
Ich wiederhole Strenge Härte Haß
Er antwortet gut
Ich frage was gut
Er das Material
Ich das was
Strengster Materialtest er
Ich frage warum ich antworte Haß
Er antwortet Ordnungsmaterialtest Wort
Ich ach so

trinkt

Ich
Wieder
Aber warum
Frage warum Wort
Antwort strenge Ordnung
Frage warum strenge Wortordnung
Antwort strengste Materialtestdisziplin
Frage warum strenge Härtetestung Wort
Antwort Haß
Frage warum
Antwort nichts
Und so weiter
Hin und her
Frage Wort
Antwort Wort
Au au ich
Ruhe er
Bitte ich

Schweig
Ich frage aber warum
Kann ich nicht mehr
Hin und her
Was heißt hier Reim
Was heißt hier Dialog
Ich frage
Nichts antwortet
Was heißt hier Antwort
Was heißt hier Antwort Wort
Keine Antwort nichts
Nichts antwortet
Keiner ich
Antworte was heißt hier Ruhe
Antworte was Dialog
Antwortwort schweig
Schweigewort au au
Antwortwort Disziplin
Ich wiederhole Haß
Ich frage nicht warum
Ich sage Material
Ich sage gut
Antwortwort Haß
Ich sage Haß
Haß Haß

trinkt

Ich
Wort
Dreck
Ich sage
Wort ist Dreck
Sage ich Wort sage ich
Sage ich Dreck Schlamm Schleim
Nichts sage ich sage ich Wort Dreck Schlamm
Schleim Schlamm Dreck sage ich sage ich Wort Dreck
Alles Matsch alles Quatsch was ich sage Matsch Quatsch

Ruhe
Hier
Was
Warum
Von vorn
Antwort Schmerz
Antwortwort Disziplin
Frage nicht warum
Frage nicht
Warum
Frage Strenge
Strenge Härte Haß
Strengste Strenge
Strenge

MANN

Musik
Musik mein Gott
Die Musik ist mein Leben
Plötzlich bin ich aufgewacht
Ich bin aufgestanden und schaute mich um
Überall Musik überall war Musik
Es war früher Morgen ich war aufgewacht
Und der ganze Raum war voll von Tönen
Und die Töne klangen und da standen welche
Die waren in Bewegung bewegt von der Musik
Es wurde immer dirigiert es waren immer Körperteile
In Bewegung immer war es früh am Morgen
Und immer war ich endlich wach

trinkt

Ich habe aufgeschaut und habe in Musik geschaut
Mit einem Schlag war da Gesetz da in mir
Alles war faßbar plötzlich
Endlich hatte ich allen Verstand
Ich sah die Körperteile die Musik bewegten
Ich sah die Körper die Musik bewegte
Und ich sah die Rechnung

Es war früh am Morgen ich war eben aufgewacht
Das Gesetz war es ist Schluß
Die Musik war still die Körper ruhig
Es war die Stille die Ruhe das plötzliche Eis
Die Angst in mir und nichts
Und nie mehr eine Frage
Alles ich die Rechnung
Es ist Schluß
Die eben noch bewegten Körper waren still
Stumm die Musik
Der Klang der Töne tot
Und ich war glücklich denn ich hatte mich
Sonst war niemand da nur ich

trinkt

Ich ganz bei Verstand
Ich der Mathematiker
Betrachtung und Rechnung Rechnung und Gesetz
Früh war ich aufgewacht und ich schaute mich um
Und ich kannte alles die Stille die Starre
Niemand hilft nichts hilft nichts
Die Angst mein Glück ich bin allein gelassen
Früh genug von Anfang an war alles aus
Da brach Rechnung auf im Widerspruch
Und ich sagte mir erzähle mir von früher
Ich wartete auf nichts von außen
Ich befragte nur noch mich nach mir
Ich erinnerte mich meiner selbst
Man ist durch nichts als Dreck gekommen
Wehrlos ist man von Anfang an ein Schrei
Man ist der Schrei ich will zurück
Und keiner hört man fragt alles antwortet nichts
Da bin ich aufgewacht und ich war da Musik Verstand
Ich schaute mich um und in Stille war alles Mathematik
Von Anfang an hat mir die Stille um mich
Mich als Wissenschaft gegeben
Defizienzberechnung Berechnung dessen was fehlt Musik

Defektkalkulation Berechnung dessen was da ist nichts
Nur ich bin da die Rechnung ich der Mathematiker
Ganz bei Verstand nur ich in Stille nichts
Sonst nichts als Angst das Glück ich bin
Allein gelassen erinnere ich mich an mich
Es war früh am Morgen plötzlich war ich da
Am Leben bei Verstand
Es ist Schluß

trinkt

Von Anfang an
War alles aus
Nichts war in Bewegung
Nichts war Klang nichts Ton
Nichts war Musik
Nur ich die Rechnung
Defektkalkulation ich Defizienzmathematik
Mathematik hat mich mir als Methode gegeben
Methodisch war ich Wissenschaft
Wissenschaftlich war ich Klarheit
Klar war ich sicher sicher war ich Grund
Gründlich war ich Gesetz

trinkt

Früh genug
War ich aufgewacht
Ich bin aufgestanden schaute
Was da war Musik
Plötzlich weg
Nichts war
Da ich
In Angst
Mein Glück
Ich bin da
Allein gelassen Erkenntnisvermögen Verstand

trinkt

Gesetz
Musik mein Gott

Die Musik war mein Leben
Gesetz der Musik
Die Zeit
Zeit ist Zeit war
So ist Musik Vergehen
Vergehen ist Verrat ist böse
Von Anfang an ist Studium der Wahrheit
Der Musik als Studium der Zeit ein Studium des Bösen
Also falsch gewesen Lüge
Ich Lüge Leben Lüge
Lebenslüge Musik
Musik Methode Wissenschaft ist Lüge
Ich wiederholte Wissenschaft Methode Hirn
Ich war keine Rechnung
Ich war nicht absolute Algebra
Ich war nicht Analysis
Ich war Lüge
Ichdreck
Dreck

trinkt

Ich
War wieder
Ganz am Anfang
Dreck war ich wieder
So wie ganz am Anfang
Aber ich war wach
Und ich sah mich um
Um mich war die Stille
Plötzlich Lärm um mich
Die Musik um mich nicht stumm
Töne klangen und da standen viele
Der ganze Raum um mich war voll
In Bewegung waren Körperteile
Es wurde dirigiert plötzlich
War alles wieder in Bewegung
Plötzlich war um mich Musik

Dirigierten Körper wieder Töne
War ich endlich richtig aufgewacht
Früh am Morgen alles voll Musik
Körper überall der Klang von Tönen
Ich war wach bin endlich aufgestanden
Schaute um mich
Sah Gesetz
Verstand
Ich
War da
Ich war aus mir
Aufgestanden wach sah ich
Mich um mich herum um und ich sah Gesetz
Musik war überall
Überall Musik
Musik bewegte Körper Leben überall
Mein Leben die Musik
Mein Gott Musik
Musik

MANN 6

Licht
Licht von oben
Licht Licht von oben Licht
Von oben von vorne von hinten
Überall war plötzlich Licht
Ich riß mich hoch Licht
Ich riß mich zurück Licht
Riß mich herum Licht
Riß mich hin Licht
Licht riß mich her
Licht überall war plötzlich Licht
Raus hier jetzt sofort hier raus
Alles schien unendlich sichtbar
Jeder Gegenstand war absolut
Erleuchtet Wille Akribie
Der Betrachtung

Auf sich zu ziehen schlagartig
Und lange Zeit zu fesseln maßlos präzise prinzipiell
trinkt
Spekulation
Der Sachen im Licht
Ihrer selbst Spekulation als Selbstspekulation
Lauter lichtenden Zeugs erschien mir
Selbst draußen bei den Sachen
Geblendet von der sicher erkennbaren Reinheit
Der Energie des Kerns noch des letzten Drecks
Die klare deutliche einzig wirklich vernünftige
Äußerste und ununterbrochene Anspannung
Aller dem Intellekt verfügbaren geistigen Kraft
Allem die Basis
trinkt
Die Welt
Also im richtigen
Dem frühest möglichen Augenblick
Systematisch eigenständig wirklich zu betreten
Um maximal praktisch also zugleich logisch
Enthusiastisch und perfekt abstrakt das Studium
Der innen glühenden Weltdinge selbst anstatt Sagen
Und Gerede von vorgeblich Vorgedachtem mit Zorn und
Allem Haß des Anfangs aufzunehmen
Hatte ich mich entschlossen ohne tatsächlich Begriff
Zu haben von den Koordinaten die Konstruktion und
Territorium der Untersuchung als erstrebenswertes
Plansoll definierten von Anfang an
Und so machte ich mich
Grundlegend siegesgewiß mitten hinein gestürmt
In die Konkurrenz der um Licht konkurrierenden
Fakten deren Differenz wirklich definitiv zu
Besichtigen und so Befund zu erheben der Regel der Welt
Total Studium war der Ordnung
Pünktlich an
Die Arbeit

trinkt
Ziffer
Für Ziffer
Galt mir einzig
Und allein als Zifferwesen
Bezifferbar folglich berechenbare
Absicht im System jeder einzeln eigenartigen Ziffer
Komplex die Systematik der Gesamtheit aller
Möglichen Ziffern zum Zweck der
Konstruktion von Maschinen
Brauchbar zum Rechnen
Zu ergründen
trinkt
Der Abhandlung
Als abstraktem Entwurf
Des absoluten Alphabets aller dem Menschen
Nach Abzug aller wirren gefühlten Abhaltungen
Denkbaren Gedanken war Voraussetzung exakte Analyse
Aller Kenntnisse aller gelehrten Disziplinen
Deren gründlich selbständige Förderung
In eigenen Studien mit dem Resultat
Infinitesimalen Kalküls
trinkt
Tafeln
Tabellen
Tabellarien
Listen Aufzählungen
Unendlich wiederholte
Wiederholungen vorzüglich simpler
Ausgerechnet simpelster Zeichen zur Übung
Der Tat der Schreibung der Schrift
Hieroglyphen Geraden und Winkel und Bögen
Und immer Kreise um Kreise üben
Schraffur unter Kurven
Flächen und Skizzen
Astronomisches

Zuordnendes
Gekritzel
Alles
Akademien
Zur Schulung
Diskursiver Prozesse
Im Umgang wißbegieriger Subjekte
Mit wißbegierigen Subjekten nützen dem Streit
Der Irrtum bricht und zur Methode führt
Einer universell charakteristischen
Sprache sprich
Code

trinkt

Allerlei
Sorten von Text
Sind bekanntermaßen deutlich
Unterscheidbar und fordern dauernd
Harmonisch gleichzeitig verschwenderisch und streng
Geübt zu werden dem Gesetz entsprechend
Des jeweiligen Namens erzwingen
So einzigartig engelshaft
Sich Reichtum
Zurecht
Aufgelistet
In Listen verzeichnet
Abrufbar und herrlich verfügbar
Die separat sortierten Arten von Schrift
Entschlossen ergriffen korrekt
Zum Nachweisgewinn
Tätigen Lebens
Fleißig

trinkt

Alle
Gegenstände
Menschlichen Denkens
Und Forschens sind nämlich

Gegliedert beschreibbar und überaus
Berichtenswert in Form von Nacherzählungen
Die Erzählungen nacherzählen oder als Bildbeschreibung
Brauchbar zum Beschreiben eines Bildes Erlebnisberichte
Die Erlebtes tatsächlich lebendig berichten
Inhaltsangaben die Inhalte angeben
Übersetzungen übersetzen Sätze
Man denke und Listen listen
Dinge auf ungeheuerliche
Geisteslust

trinkt

Feier
In Fächern
Ideal ordentlich
Portioniert exakt entsprechend
Der Aufmerksamkeitsspanne des menschlichen Gehirns
Deren Zeit mißt nachweislich drei viertel Stunden
Ist Schulung als Schulung erkannter Sachen
Gleichzeitig Schulung äußersten Strebens
Der menschlichen Erkenntniskraft zur
Entdeckung gewisser Beziehungen
Zwischen Figuren oder gar
Reinen Ziffern
Ideale Sätze
Arithmetischer algebraischer sowie geometrischer Art
Etwa daß drei mal fünf gleich ist dreißig halbiert
Oder daß neun Mitte und Zentrum ist von siebzehn
Daß das Quadrat der Hypotenuse dem Quadrat
Der beiden Katheten gleich ist
Absolut abstrakte Wahrheit
Von schönster Gewißheit
Evidenz von Gold
Diamanten

trinkt

Göttlich
Göttliches Licht

Vollkommen richtiges Maß
Allem und jedem Ding wirklich gerecht
Prinzip
Universal harmonisch
Güte und Gnade und Perzeption
Die Seele unendlich mannigfaltig verworren
Gemurmel
Murmelnder Sachen
Und unsere Sinne und Erscheinung
Aller Körper mit allen Körpern enge Verbindung
Phänomenal
Entsprechend vereinigt
Das Wirken und Erleiden und Seele und Körper
Wahre Gründe die Substanz die Zuflucht zu entziffern
trinkt
Leider
Kann der beste
Automat sogar aufhören
Zu funktionieren
Geht kaputt
Etwa
Entstehen Löcher
An fleischlichen Körpern
Unvorhergesehenermaßen
Tropft da was
Urplötzlich
Irgendwie
Irgendwo
Oder so
Fließt
Rinnt
Etwa
Aus
MANN 7
Wissenschaft
Treibt Geschehen hervor

Wissenschaft treibt zur Handlung
Wissenschaft treibt wissenschaftlich zur Tat
Was beginnt
In Ruhe gelassen
Als wissenschaftliche Meditation
Führt in logischer Folge in den heißen feuchten Raum
Triebhaft getriebenen wissenschaftlichen Exerzitiums
In dessen logischem wissenschaftlichem Exorzismus
Die Basis ist aller wissenschaftlichen Rigidität
Und führt so weiter in die abstrakte weiße Leere
Des unbedingten wissenschaftlichen Laboratoriums
Laboratorium führt zu totalem Labor
trinkt
Freisetzung
Abstrakter Mikroorganismen
Ist denkbar zunächst Drohung die droht
Und geschieht dann plötzlich
Revolution
trinkt
Geschichtsschreibung
Ist als Geistesgeschichtsschreibung
Logisch zwingend Revolutionsgeschichtsschreibung
Logisch automatisch wissenschaftlich
Trieb
Absolut getrieben
Folglich logisch drohend Gefahr
Sogar am Kleinsten kann der Geist
Sich absolut verheben
Letale Folgen
Können resultieren oft
Sind jedoch die letzten gewichtigen Gegenstände
Doch wichtiger gerade dem jungen Mensch
Selbstverständlich zentral
Kraft Jugend
trinkt
Frechheit

Ist logisch
Nicht Tugend aber Biologie
Aufklärung
Klärt sich selbst auf
Über alles Dunkle Niedrige Getriebe
Als Selbstaufklärung über sich selbst hinaus
Liebe
Ist auch da
Der ärztliche Trieb
Körper an zu fassen und auf
Zu schneiden und hinein zu schauen
Und auseinander zu stückeln und weg zu schmeißen
Was darin ist
Und wieso
Warum
Und überhaupt alles das

trinkt

Erregung
Die wo entsteht
Vor allem bei Betrachtung
Bestimmter unbekannter Dinge möglich
Ein Zittern des Schwingens der Welle des Lichts
Beim über Kreuz kreuzen von Augenblick mit Augenblick
Konflikte
Was vorkommt Aufbrechen
Von Dingen in Form von laut erzürnter Rede
Auch Geschrei und wissenschaftlich vernünftig nötig
Totschlag
Von Menschen korrekt
Vollstreckt an anderen Menschen
Etwa den Erzeugern der Vollstrecker
Pflicht
Ist historisch
Historische Pflicht
Und wirft Probleme auf
Die rein rechnerische sind

Und also lösbar und folglich
Keine Probleme
trinkt
Demonstrationen
Von Leid und Mitleid
Sind wissenschaftlich widerlegt als
Arroganz nachweislich ursächlich ist Dummheit
Anzunehmen beim Auftreten von frei flottierender Güte
Haß
Treibt
Vernünftig
Den Vernünftigen Haß
Haß ist einziger vernünftiger abstrakter Trieb
trinkt
Exekution
Von Erkenntnissen
Kann Exekution lebender Wesen
Verlangen auch menschliche Leiber müssen
Manchmal zu toten dicken Säcken gemacht werden
Erbarmen
Ist Gewinsel
Der Kreatur und dunkel
Und dunkle Versuchung gerade dem Klarsten
Erbarmen winselt sehr der wissenschaftlich reine Geist
trinkt
Was
Stört
Störung
Ist Prinzip
Im offenen Raum
Anwesenheit von Körpern
Die sich oft schnell fort bewegen
Dabei Vernichtungsenergie aufnehmen und stauen
Konsequentermaßen entladen an anderen Körpern
Die prinzipiell mächtig Macht verkörpern
Deren Vernichtung ist Konsequenz

Prinzip
Der Störung ist freie Bewegung im offenen Raum
Folglich Prinzip der zweiten Klasse
trinkt
Diktatur
Des Direktoriums
Schwierigste Folge
Schlechthin Widerstand
Schlimmste Logik Stachel
Zentrum der Perspektive der Vernunft
Anstrengung Äußerstes
Revolutionsgeschichtsschreibungszentralproblem
Strengste Strenge
Ununterbrochen
Widerspruch
Gegensatz
Absolut
Siehe
Andernorts
trinkt
Logik
Die reine
Logik auch hier von Ziffern
Berechnung Wissenschaft Tatsachen Tat
Folge der Folge des grundsätzlichen Satzes
Dem zufolge im neunten Jahrzehnt jeden Jahrhunderts
Jedes Jahrhundert sich selbst ganz erst gebiert
Fünf mal Achtziger seit fünf hundert Jahren
Um im folgenden zehnten Jahrzehnt nur noch
Rasend verfallen in rapide progressive Paralyse
Sich selbst zu suizidieren
Gesetz
Der Suizid ist jedoch einzig der Zeit selbst reserviert
Deren Gesetz Wissenschaft sich unterwirft
Gnadenlos dem Fortschritt fortschreitenden Lebens
Prinzip das gegen sich selbst nicht handeln kann

Leben
Treibt Leben hervor
Bis in den Tod konvulsivisch vital
Die suizidale Handlung gründlich mickrig dumm und Lüge
Ist die Handlung eines schwächlich siechen
Erbärmlich verblödeten Jahrhunderts
Wissenschaftslos verfallen
Ekelhaft muffig und lüstern
Nur nach dem niedrigsten
Geistesfeindlichsten Zustand
Gemütlicher Reden weibischer Hysterie
trinkt
Massenmord
Resultiert aus
So ermüdet sanften Gesten
Der Selbstaufgabe
Selbstmord ist geschichtslogisch konsequent Massenmord
Massenmord
Ist wissenschaftlich nachweisbar
Anhand von Leiberbergen toter Leiber Klammer Leiche
Klammer zu und
Abzulehnen
Ebenso Irresein
Und Unsinn und Wahn
Alle Krankheiten sind wissenschaftlich
Abzuschaffen
Exekution
Des Heute
Jetzt
trinkt
Klinik
Ist Ort und Prinzip
Des Studiums von Wandel
Was heilt
Was verdirbt
Erhebung des Befundes

Immer wieder Wissenschaft
Aller Wissenschaften Königin
Ist die reine klinische Betrachtung
Inspektionswissenschaft Klinik
Aspektwissenschaft
Wissenschaftswissenschaft
Wissenschaft

MANN 8

Zweifel
Ist zweifeln
Zweifel ist Zweifel
Zweifeln
Zweifeln ist Setzen von Zeichen
Der Gleichheit von Zweifeln
Zweifeln ist Gleichheitszeichensetzen
Zeichen Setzung Zweifel
Gleichheitszeichensetzen ist Rechnen
Rechnen ist Zweifeln
Zweifel ist Rechnung
Rechnen ist Denken
Rechnung Gedanke
Denken ist Zweifeln
Gedanke der Zweifel
Zweifeln ist Denken

trinkt

I
Wish
You
All
Came
Home
Hurray
Dear

trinkt

Vernunft
Zweifelt nicht

Jeden Zweifel zweifelt Vernunft
Nicht
Das Nicht
Vergessen ist Fehler
Satzzerstörungsfehler Nicht vergessen
Der Satz heißt Vernunft zweifelt nicht jeden Zweifel
Heißt dann Vernunft zweifelt jeden Zweifel nicht
Die Differenz zwischen zwei Sätzen ist
Berechnung
trinkt
Schläue
Plötzlich da
Plötzlich ist man naseweise schlau
Und will folglich nur noch spielen
Aber man ist schon zu alt
Man spielt sich selbst
Das Spiele spielen vor
Ernst und Trauer aber sind schon fort gegangen
Wohin
trinkt
Lüge
Hat sich längst
Eingenistet in abstrakten Nischen
Führt ihre Existenzvernichtungsparasitenexistenz
Feindselig im Denken sich nährend am Denken gegen das
Denken
Lüge sagt
Lüge Denken ist Lüge
Lüge sagt Denken ist Lüge
Immer wieder sagt Lüge Denken ist Lüge
Denken ist Lüge sagt Denken
Plötzlich lügt
Denken selbst
Lügen
trinkt
Drei

Als Ziffer
Ist schon Lügenziffer
Drei ist Denkvernichtungsziffer
Denn Drei ist Lebensziffer
Folglich ist Drei niemals Denkziffer
Denn Denken ist entzwei gerissen weg gehackt vom
Leben leben Kontradiktio
Was schmerzt im Leben
Tobt im Denken
Eiternd
Virus
trinkt
Paradoxie
Hat Recht
Im Leben denn
Leben führt Krieg gegen Leben
Als Tod und lebt dennoch noch im Tod lebendig
Siehe Dekomposition von Leichen
Siehe Glück
Lebt Leben als Massentod wegen Massenmord
Ist Massentod Resultat fortschreitender Vernunft
Bricht Vernunft zusammen und entgrenzt sich ins Leben
Spricht vernünftigerweise Vernunft paradox
Leben lebt nicht ist plötzlich Denksatz
Nicht Lebenssatz Denksatz
Nicht dumm nein wirklich
Korrekt abstrakt
Verzweifelt
trinkt
Es gingen aber weiter meine Lieben die Jahre ins Land
Zeit verging
Trauer war im Leben da trotz Leben
Nein im Ja
Paradoxie paradoxerweise nicht paradox
Aber wahr
trinkt

Wahrheit
Ist sehr verderblich
Verdirbt in der Zeit
Ist dann kaputt
Kaputt ist Wahrheit Lüge
Lüge aber wird ins Leben weg geschmissen
Lebt da brauchbar als Lebenslüge unentbehrlich
Und Zeit errichtete die alten Grenzen neu vernünftig
Leben war wieder Leben Glück Glück ab gehackt vom
Denken denken war wieder Denken
Denken denken Denken

trinkt

Tod
Denkt Denken
Denken denkt nichts
Denken denkt nichts als Tod
Tod
Tod
Tod
Tod

trinkt

So schaut es aus
Im Hirn
Wo aber Zellen
Das Tod Denken denken
Die leben
Leben nämlich lebt alles als Leben
Alles nicht nichts
Zentralkontradiktion Negation
Einzige Basis und Königsweg dem Denken
Negation einzig treibendes Prinzip des Denkens Haß
Haß
Haß
Nein Nein
Haß Haß Haß Haß

trinkt

So schaut es aus
Im Hirn
Korrektermaßen
Im Gegenteil
Behauptet ohne nichts zu wissen
Von nichts nein Gegenteil nichts wissend das Leben
Korrektermaßen ist Negation nicht Königsweg
Sondern Dreckpfuhl und Witz dort
In dem mancher Grenzverwischer übrigens
Sich begeistert suhlt und das Lächerlichkeit nennt
Was nur Senilität ist altershirngeschwächtes Grenzversagen
Denn Grenze ist Kraft aber Kraft selten das nebenbei
Leben nämlich murmelt ununterbrochen lebend
Dem Denken undenkbar unaussprechliches Haßgegenteilswort
Nie be nein nein
Denn Wort gehört dem Denken
Denken muß denken Denken denkt nichts als Tod
Der Denkende aber lebt
Hier ist der Riß
Die zentrale
Ruptur
trinkt
Doch was ist das
Sein
Dauernd stolpert und fällt man
Stolpert und fällt
Und man kann sich nur selbst auf heben
Und versuchen wieder weiter zu gehen
Und man stolpert und fällt immer wieder
Stolpert man fällt
Erblickt was
Tatsache
Sogleich aber haben Zeichen in Sätzen
Keine Bedeutung mehr
Das stört
Ist naturwissenschaftlich nicht befriedigend

Aber die Probleme sind wissenschaftlich lösbar
Im wesentlichen gelöst
Es gibt allerdings
Unaussprechli
trinkt
Man
Stolpert
Und fällt hin
Das ist der Fall
Tatsache Sachverhalt
Summe Sein
Doch was ist das Sein
Jedoch es gibt keine Verzweiflung
Summe ist summa summarum Zweifel zweifeln
Man stolpert man fällt
Man hebt sich auf
Zweifel zweifelnd
Zweifeln ist
Zweifel

MANN 9

Arbeit
Arbeit Welt
Arbeit Weltarbeit
Weltarbeit Arbeitarbeit
Arbeitarbeit Formeln formen
Weltarbeitarbeit Weltformeln formen
Weltarbeitarbeit Weltformel Arbeit formen
Gemurmel
Murmeln
trinkt
Leis
Leis
Schnell
Schnell
Leiser Leiser
Schneller Schneller

trinkt
Delirium
Delirium
Delirium Delirium
Delirium Delirium Delirium Delirium
trinkt
Ich
Höre
Nichts
Stop
Hallohallo
Stop stop stop stop
Es ist so laut hier
Vor lauter Lärm
Höre ich nichts
Es ist was los
Hallo hallo
Stop stop
Nichts
Was
trinkt
Es ist was
Da
Was
Was ist
Was ist was ist
Was ist was ist da ist es
Was was
Was
trinkt
Murmel murmel
Wasgemurmel Weltgemurmel
Stillgemurmel Schlußgemurmel
Aufhörengemurmel Umstürzengemurmel
Allesistfalschgemurmel weitermachenmüssenmurmeln
Weiterweitermurmeln weitermurmeln

Weiter weiter weiter weiter
Ach ach
trinkt
Aber
Widerspruch
Ist der Anfang
Aller Dummheit
Widerspruch
Widerspricht sich
Das ist der Fehler
Widerspruch widerspricht
Wer widerspricht spricht nicht
Sondern widerspricht
Aber sprechend
Widerspruch
Widersprechend spricht der Fehler
Spricht der Fehler spricht die Dummheit
Spricht die Dummheit spricht gar nichts
Spricht nichts
Ist Tod
Da
Delirium
Delirium
Delirium
Delirium
trinkt
Kraft als abstraktes Prinzip regiert die Welt
Keineswegs keineswegs
Ist Abstraktion
Da
In der Welt
Ist Denken nicht
Denn in der Welt ist Welt
Als Kraft
Denkt Denken im Denken
Muß Denken Abstraktion denken höllischerweise

Ist Denken lebenslänglich nicht in der Welt da nur
Hölle
trinkt
Arbeit
Gemurmel
Weltgemurmel
Weltarbeitgemurmel
Murmel murmel
Leiser leise
Leis leis
Schnell
Schnell
trinkt
Durst
Ich vertrockne
Ich höre nichts
Ich widerspreche nicht
Ich bin doch nicht verrückt
Ich bin doch nicht
Verrückt
Ich bin doch
Nicht verrückt
Ich bin
Doch nicht verrückt
Ich
Bin doch nicht verrückt
Hör auf mich zu quälen hör auf hör auf hör auf hör
trinkt
Es
Antwortet
Nämlich
Nichts
Was
Man fragt nichts antwortet es
Schweigt
Antwortet nämlich nichts

Was wer schweigt
Aber warum
Warum
trinkt
Haß
Arbeit
Ordnung
Disziplin
Ich sage au au
Ich frage warum warum
Nichts antwortet Strenge Härte Haß
Ich ich verstehe kein Wort
Ich ich wiederhole
Haß Haß Haß Haß
Au Au
trinkt
Ich war aber nicht zertreten
Ich war nämlich immer da
Aber abgebrochen
Aber da
Ich war nicht nicht nicht zertreten da
Ich war nicht nicht abgebrochen da
Ich war da nicht nicht
War ich da war ich
Ich bin
Da
Sonst nichts
Als ich
trinkt
Gemurmel Gemurmel
Seingemurmel Ichgemurmel Jetztgemurmel
Schnell schnell leis leis
Leis leis leis leis
Delirium Delirium
Delirium
Delirium

trinkt
Musik und Körper und Bewegung
War ich ich war ich immer glücklich
Bewegung Körper und Musik Gedämmer
War ich aufgewacht war ich ich bin
Wach verzweifelt Stille Nichts Gedanke
Denn denke ich
Ich bin
Bin ich
Nichts
Bin ich nichts
Ist Stille
Stille ist Schluß
Ist Schluß ist Verzweiflung ist
Verzweiflung ist ich
Wach keine Bewegung keine Musik kein Körper kein ich war
trinkt
Schluß ist
Von Anfang an
Ist alles aus
Da jedoch
Rechnung resultiert
Berechnung
Was nicht da ist
Musik
Das ich war
Kalkulation
Was da ist
Nichts
Murmel murmel
Wasgemurmel Nichtsgemurmel
Was was nichts nichts
Murmel murmel
Murmel
Murmel
trinkt

Licht ist
Die Welt
Der Sachen
Licht erleuchtet
Sich selbst Spekulation
trinkt
Da ist der Anfang
Aller
Philosophie
Stupidität
Sprache
Fäulnisort
Des Weltdenkens
Finsternisfolge
Aller Sachspekulation
trinkt
Zentralfäulnis
Am Ding
Der Name
Dingvernichtend
Abstrakt
Weltformelnformen versagt
Versagen versagen
Aber wie bitte
Befund erheben korrekt
Namenlos
Rein
Mathematisch beziffert
Sachziffern Zeuglisten Dingaufzählungen Welttabellarien
Sachziffern Sachziffern
Zeuglisten Zeuglisten
Dingaufzählungen Dingaufzählungen
Welttabellarien Welttabellarien
Welt Welt Welt Welt
Aber
trinkt

Welche Wissenschaft
Welcher Trieb
Welche Handlung
Welche Tat
Die Revolution ist ein Umsturz
Bekanntlich
Besudelt
Mit Schuld
Die Vernunft sich in der Tat
trinkt
Vollstreckt
Vollstreckt
Vollstreckung vollstreckt
Gewimmer
Der Kreatur
Exekution
Historischer Pflicht
Vollstreckung
Vollstreckt
trinkt
Wer wertet
Wer regelt Recht
Wer handelt logisch
Diktiert die Diktatur der Zeit
Dem Handeln seine Logik
Dem Recht die Regel
Die Bilanz
Wiederhole
Diktatur
Der Zeit
Diktat
Diktiert die Diktatur der Zeit
Wiederhole
Zeitdiktat
Handlungslogik
Regelrecht Bilanzbilanz

trinkt
Weltarbeit Zeitzeit
Zeitbilanzgemurmel murmeln
Bilanzbilanzgemurmel
Murmeln murmeln
Leiser leise
Zeit Zeit
Schnellerschnell schnell schnell
trinkt
Aber der Riß
Fürchterlich
Existiert
Leben
Absolut
Abgehackt
Denken
trinkt
Im Paradoxievernichtungszweifel Leben denken
Wollen nie können
Verzweifelt
Verzweifeln
Ist Lebenslüge lügen
Zweifellos lebt gedankenlos Leben
Vernünftig
Stolpert man fällt man hebt man sich auf dauernd
Stolpert und fällt man
Doch was ist das
Sein
Was ist
Sein ist
Ist was ist
Deliriumdelirium Deliriumdelirium
Delirium ad infinitum
Delirium Delirium
Delir Delir
trinkt

Entzug
Der Welt
Der Dinge Ja
Gebibber Gezitter Geschüttel Gemurmel
Der Nüchternheit
Der Stille
Nichts
Antwortet
Nichts
trinkt
Still
Schweigend kontrolliert
Kontrollieren gründlich abstrakte Systeme
Für sich selbst geschaffen von sich selbst
Herrlich herrisch allgemein
Systematisch alle
Welt
Stumm bedrohlich
Gewäsch Geschwätz Gerede produzierend Dümmstes
Im Schwächling Kommunikation genannt die Unphilosophie
Der deutschen Universität ist eine Gewäschphilosophie
Geistig Behinderter Geschwätzphilosophen philosophieren
Nicht Philosophie sondern Philosophie der Hasenscharte
Ab
trinkt
Sonst nichts
Schweigen herrscht
Wo Denken denkt
Idiotie redet Rede
Sonst
Nichts
Gemurmel
Weltwelt Weltwelt
Arbeit Arbeit
Murmelmurmel
Weltarbeit

Weltarbeit
Gemurmel verstummt
Stummstumm stumm stumm
Arbeitarbeit
Arbeit

MANN 10

Verzweiflung

trinkt

Au au au au au au au au au
Aua aua aua aua aua aua aua aua aua
We we we we we we we we we

trinkt

Verzweiflung
Elemente
Flüssiges
Aufhören
Schmerzwehen
Drecks
Stinkendes
Scheiß
Da sein

trinkt

Au we au we au we au we au we au we au we au we au we
Raus
Raus
Raus
Raus
Raus
Raus
Raus
Raus
Raus
Hierraushier
Raushier
Raushier
Raushier

Raushier
Raushier
Raushier
Raushier
Raushier
trinkt
Ich
Macht
Schmerz
Au au au
Ich ich ich
We we we
Schmerz
Nacht
Ich
Haue hin
Mir wurscht
Stell auf
Hau hin
Is wurscht
Steh mich
Hin haut wieder
Mich mir wurscht
Stell wieder auf mich
Ich
trinkt
Drecks Hund Mensch
Zeugen Machen Scheiß
Trieb Fleisch Kind
Da
Hin
Sein
Gemache
Zeugs
Für nichts
trinkt

Ist scheiß da
Dann geht nicht
Weg wächst drecks
Zeug Zell weiter
Wird mehr Zeugs
Geht schon raus
Wo hin bloß
Hier raus aus
Drecks sein jetzt

trinkt

Bin
Ich
Da
Muß
Ich
Sein
Will
Ich
Nicht

trinkt

Reden welche in mich rein
Was fremdes wo ich hin muß
Darf ich nichts verstehen
Warum das alles ist
Das alles fern
Verrückt aus mir
Ist was da was fremdes
In mich rein gemacht aus fernen
Reden was ist fern in mir ist was verrückt

trinkt

Oder was
Unterdrückt
Verzweiflung

trinkt

Zu viel ich
In mir Dummheit

Unterdrücken muß ich
Mich entwirren Ordnung
Machen Ruhe her richten
Gegen blödes Rumgefühle
Will ich mich zerhacken
Auseinander forschen alles
Drecksgefühle weg aus löschen
trinkt
Reinigen
Alles ich weg
Scheiden das ganze
Drecksweiche hart hauen
Mich fest peitschen
Sauber total quälen
Unterdrücken üben
Mich Dreck weg
Säubern
trinkt
Aber
Was ist was
In dem Fleischzeug
Will was was
Muß ich mich zertrennen
Lernen alles selbst
Mich auseinander machen
Was tut alles weh
Zerdrücken
Hauen hacken treten wirren peitschen quälen will ich
Mich will ich zerlegen forschen auseinander machen
Fester säubern härter rücken reiner runter drücken mich
Drecks
Zeug
Fühlen
trinkt
Muß ich
Weg machen

Lernen wollen
Was ich nicht will
Wirre reden
Muß ich Ruhe machen
Gegen mich üben
Aus peitschen
Will ich
Was
Stinken
Scheiß
Drecks
Schmerz
Gemache
Flüssig
Element
Getriebe
trinkt
Was sitzt da
Sitze ich da
Wer haut was
Haue ich mich
Mache ich mich besser
Prügel ich Hirn
Rein mir prügel
Ich Dreck raus
Aus dem Fleischhund
trinkt
Unten Zeug
Drecksgehänge
Schrumpelwurscht
Rausgeschlabber
Ziehe ich mich selber hoch
Reiß ich raus
Das dunkle Zeug
Würg ich ab die
Sau den Hund

trinkt
Tut das weh
Bin ich die
Peitsche haue
Ich mich Dreck
Sauber in der Mitte auseinander
Glänzt ein Schneidezahn
Weiß oben rein gesteckt
In ein Augenapfelweiß
Tut das sauber weh
Endlich
Bin ich
Bin
Ich
Unterdrückt
Bin ich
Erwachsen
Bin ich erwachsen bin ich endlich ich
Ich
Unterdrückt verzweifelt
Verzweiflung

MANN 11
Glaube
Glaube ich
Geglaubt glaube ich
Jedes Wort
Seit ich mich erinnern kann
trinkt
Habe ich jedes Wort geglaubt
Jedes Wort glaube ich
Erinnere ich mich
Glaube ich
Jedes Wort
trinkt
Ist das das Gute
Die Dummheit

Alles glauben
Erster Erzieher
Glaube
trinkt
Aber die Lähmung
Die Lähmung
Weil nichts geschieht
Weil nichts treibt
Triebvernichtung
Glauben glauben
Unterwerfung
Unter was
Unvernünftiges
Sich unterwerfen
trinkt
Frei
Willig
Furcht fürchten
Vor was Dunklem was
Unten ist fürchterlich drohend
Droht was Unbekanntes
Was verborgen ist
Die Verderbnis ewig
Unfreiwillig höllisch
Fürchten sich vor sich
Drecksverfluchte Kämpfe kämpfen
In sich sich zerstören
Gottsverdammt gelähmt
Versprechen sich versprechen
Selbstbelügungslügen lügen
trinkt
Logisch
Trotzdem unverblödet
Denken können müssen
Überaus vernünftig
Skeptisch

trinkt

Ausweglos
Unterworfen umso auswegloser
Dem Glauben glauben müssen
Plötzlich dem Kampf dagegen
Auch noch hingegeben

trinkt

Jede Auflehnung eine Selbstauflehnung
Jeder Widerstand ein Selbstwiderstand
Jede Feindvernichtung eine Selbstvernichtung
Jeder Kampf ein Selbstkampf
Jede Unterwerfung eine Unterwerfung unter mich

trinkt

Teufelszeug
Paradoxiedreck
Existenzvernichtungsexistenz
Höllenzirkel
Fluchfluch
Jede Beschimpfung eine Feier
Jeder Schmerz eine Lust
Jede Verfluchung ein Bekenntnis
Jedes Wissen eine Ermattung
Jeder Dreckssieg eine Erbärmlichkeit

trinkt

Niederlagenleben
Leben müssen
Todverfallen von Geburt an
Verblödungsdenken denken müssen
Stumpfsinn sinnlos gleich wie klug
Morgenfalle
Hoffnung
Zukunftskerker
Lügenlüge
Liebe
Zentralbetrugsbetrüger Selbstbetrug
Zu glauben da ist noch einer außer mir

Betrug der Glaube
Morgen gibt es
Zukunftszeit
trinkt
Ich war
Erinnere ich mich
Längst aufgewacht in die Geschichte
Trotzdem natürlich rettungslos
Ideal fixiert
trinkt
Wörtlich
Wort für Wort
Mich selbst studiert
Und ausgestrichen alles
Außer mir
trinkt
Debatten
Gegen mich debattiert in mir
Nicht einmal nichts geklärt
Nur mich in mich versponnen
Immer mehr verstrickt
trinkt
Beherrscht
Von finsteren Ahnungen
Was Menschen mit Menschen machen
Im Dunklen mit ihrem Zeug
Da unten
Nichts
Angeschaut panisch
In Angst vor den eigenen Augen
Wenn die was sehen
Was passiert
trinkt
Verbot
Der Betrachtung
Von dem Zeug

Was sichtbar ist
Ist verboten
Alles
Sehen
Sünde
Sehen
Gier
Verboten ist
Was sichtbar ist
Das Zeug da das da da ist
Ist unten dunkel und muß unten dunkel
Dumpf rumdunkeln
trinkt
Befehl von oben
Ich muß immer nur in mich rein schauen
Suizidsehnsucht natürlich
Vom Sog des Todes angesogen
Göttergleiche juvenile Lebensferne böse
Böse
Versuchung
Lebenshaßlüge Liebe
Was nicht da ist was nicht möglich ist
Hoffnung ersehnen
trinkt
Drecksunvernunft
Introspektion
Suizidfaszination
Selbstbetrugsspekulation
Agonieidiotie
trinkt
Dumpf
Getrieben dunkel
Triebvernichtungsfinsternis
Seit ich mich erinnere glaube ich glaube
Ich jedes Wort
Aber nichts geschieht

Aber alles wissen
Aber folgenlos
Unterworfen nur sich selbst
Aber vor sich selbst in Furcht
trinkt
Unfreiwillig
Skeptisch
Reif gesprochen plötzlich
Warum ist unbegreiflich sinnlos
Was der Wille will
Ist wirr verwirrt
Immer noch im Dunklen
Tief versponnen dumm
Was plötzlich Reife heißt warum
Ist unbekannt
Massenhaft Stumpfsinn
Erworben Paradoxieunvernunft
Glaubensdreck massenhaft glaube ich
Geglaubt jedes Wort glaube ich
Glaube
MANN 12
Dunkel
Dunkel herrscht
Dunkel im dunklen
Man sitzt eng da
Es ist eine Kammer
Man ist da mit jemand
Man tastet rum
Aber es ist dunkel
Es ist eng
Jemand ist da
Nichts ist zu sehen
Man horcht
trinkt
Es redet
Wer

Hört zu
Man tastet was
Jemand ist da
Nichts antwortet
trinkt
Man redet
Es ist dunkel
Man antwortet
Man hört nichts
Man horcht
Es antwortet was
trinkt
Nichts
Man ist zu zweit
Das Glück
trinkt
Man tastet rum
Man tastet was
Ein Fleisch
Es ist eng
Man ist da mit jemand
trinkt
Es ist dunkel
Ist das das
Leben
Endlich
Ist wer da
Man horcht
trinkt
Man redet
Antwortet was
Die Kammer
Die Enge
Getaste
Gerede
Was da ist

Was Fremdes
Redet man
Das Glück
Schreit
Raus
trinkt
Tut was weh
Auf die Dauer
Ist das Dunkel
Zu dunkel
Das Fleisch
Ein Zeug
Für was
Was zu eng ist
Das Reden ein Gerede
Ein Schmerz das Horchen
Man sitzt eng da
Tut weh
trinkt
Man steht auf
Es reicht
Man geht
Man torkelt
Man tastet
Nichts mehr
trinkt
Man findet nicht raus
Man findet raus
Draußen
Ist Dunkel dunkel
Man redet antwortet horcht
Niemand da nichts zu sehen Enge
trinkt
Ordnung machen
Man fängt an mit was
Arbeit aber wie wie

trinkt
Schließlich ist man
Erwachsen plötzlich
Schon wieder
Anders
Ist Zeit oder was
Vergangen ist was passiert
Was
Horcht man
Man antwortet
Dunkel
Redet man
Enge Kammer Zeug
trinkt
Erlebtes
Hat man plötzlich
Was erlebt ein Leben
Was das ist
Geht das wieder los
Man sitzt da man sitzt eng da
Draußen dunkel dauernd nichts
Was redet was man redet was es antwortet
Man tastet rum verblödet
Wie man plötzlich ist
Man hat Leben erlebt
Man ist jetzt
trinkt
Erwachsen gebrochen verblödet
Was tun
Es ist dunkel
Nichts ist zu sehen
Man horcht
Es antwortet
Man selbst
Ist da sonst nichts
Nichts was man tastet sich selbst

Also was tun arbeiten
Ordnung aber wie wie
Ohne nichts
trinkt
Man ist allein
Glück
Wenigstens das
trinkt
Aber wie was arbeiten
Was ordnen wie
Mit ohne nichts
Von früher
Man steckt in einem jetzt
Man lebt zu viel das Leben
Was dunkel ist
Was man abgeschnitten ist
Von sich ein nichts
Man torkelt rum
Man antwortet man horcht
Man hört sich nicht
trinkt
Was sich rächt
Das Leben leben
Auf die Dauer
Ist man abgeschnitten
Das jetzt in dem man steckt
Es geht wohin
Wohin man torkelt
Geht man
Was trinken
Bei Durst
Trinkt man was
Was sich rächt
trinkt
Wenigstens
Lebt man

Allein das Glück
Ist man da
Im Dunklen redet man
Was sich wiederholt
trinkt
Trinkt man
Wiederholt man
Was fehlt
Ordnung und Arbeit
Aber wie fängt man an mit was
Was fehlt Ziffern Listen so Zeug
trinkt
Man sitzt da
Was tut weh aber es geht
Was sich rächt
Auf die Dauer
Verblödet man
Tastet rum torkelt
trinkt
Man redet man horcht hört nichts
Wenigstens ist man glücklich
Wohin es geht geht es
Man antwortet
Was fehlt
Ein Zeug zu was
Es ist eng eine Kammer
Niemand ist da
Was man sieht nichts
Nichts was sich rächt
Was sich wiederholt dunkel
Herrscht dunkel dunkel
Dunkel
MANN 13
Wort
Wort Wort
Umgekehrt umgekehrt

Im Lärm Lärm umgekehrt
Musikwortwort Wort
trinkt
Was auch zerfällt
Was auch zerfallen kann
Was rettet und lügt
Was was sagt dauernd dauernd
Was was
trinkt
Quält einen
Trost rettet
Zerfällt
Was
Ich
Bin ich doch verzaubert
Kamst du still herein
Drehte ich mich um
Warst es du mein
Freund
trinkt
Verfallen
Die die dem verfallen
Dem verfallen bin ich bin ich
Nicht nicht
Was blieb
trinkt
Geht nie weg
Geht nie wieder weg
Murmelt
Ununterbrochen was murmelt was
In einer Ecke murmelt was vor sich hin
Bleibt da
Singt auch
Lügen lockt
Verspricht sich
Mir ist mir versprochen

trinkt
Fest
Gesetz Geschenk
Des Verfalls der dreißig verfallenen
Takte Schläge schlagen Takte Takte
Immer schneller fest gesetzt
trinkt
Läuft die Uhr
Fortfort fortfort
Man verfällt dem entfliehen
Was entflieht entflieht
Die Zeit die Zeit die
Läuft
Murmelt er
Voran voran
Ich zurück
Zurück
trinkt
Was verwischt
Das Maß
Die Messung
Spaltet was
Zerfallen ist
Zerfällt
Was meßbar ist
Was ist
Ist nicht was in mir
Rast rast
trinkt
Ruhig
Er ich habe Zeit
Ich rasend ich nicht
Er ruhig es ist gut ist gut
Ich es ist die Hölle
trinkt
Kein Wort

Was fällt
Nur ich ich
Was fällt in mir
Wort um Wort
trinkt
Still
Musik
Was weg ist
Schweigt still
Still still
Murmelt
Er
Murmelt in der Ecke was vor sich hin ununterbrochen
Was
Murmelt wer
trinkt
Zerfall
Was aufhört
Körperzeug verschwindet
Unerhört fort fort
Die Stimmen
trinkt
Verschwinden
Das bleibt da
Weggehen
Das geht nie weg
Die Zeit läuft plötzlich
trinkt
Abgelaufen
Ich was wie wieviel Uhr
Er es ist Zeit
Ich ich bin kaum aufgewacht
War es nicht eben erst ganz früh
Was wie panisch wie wieso
Er ist Zeit da
Ist Zeit fort

Gegangen verfallen
Ich aber ich ich
trinkt
Katastrophe
Mensch katastrophal
War ich Trottelei von Anfang an
Bin ich Wort bin ich
Die Lüge Rettung
trinkt
Trage ich die Welt
Herrscht Stille
Unerhört
Bricht Lärm aus
Breche ich zusammen
Katastrophe
Jedes Wort
Die Rettung eine Lüge
Jedes Wort ein Lärm
Zusammenbruch
trinkt
Das blieb
Was einen quält
Die Undurchdringlichkeit der Haut
In der was ist was
Raus muß ich
trinkt
Abgrund
Solipsismus
Matsch
Das nichts und
Ich
Was arg zerfällt
Wogegen man sich wehrt
Was einen quält
Sehnsucht Gefühl alles
Dreck Ichdreck Dreck

trinkt
Was bleibt
Man ist zu schwer
Es ist schon spät
Bin ich nie aufgestanden
Eine Schwäche seltsam das wird mehr
trinkt
Nachrechnen
Was wann wie war
Der Junge der bin ich still
Wo in mir panisch schreit
Es ist Schluß
Was wie wie wieso
Schon verfallen alles
Aus aus nein zurück zurück
Was was singt vergeht unberechenbar
Was wann war wer eintrat wann warum
trinkt
Öffnete sich was
Unhörbar im Rücken
Kam was rein
Was sich wie bemerkbar machte keine Ahnung
Man war wohl jung sehr jung
Festlich nur sich selbst versprochen
Ich bin ein Stern der nicht fleht
Und drehte sich um warum ist nicht bekannt
Warst es du mein
Freund
trinkt
Ruhig
Was blieb
Er er habe Zeit
Ich ich nicht
Die Hölle
Lärm Lärm
In der Ecke umgekehrt

Murmelt wer
Was was singt ein Wort Wort
Wort

MANN 14

Schmerz
Schmerzt Schmerz
Schmerzen Schmerzen
Rhapsodisches Geschehen

trinkt

Wallung und Flut beschleunigt
Gewühl innerer Zellen
Peripher zuckt eine Extremität
Trieb niederster Chemie

trinkt

Universal
Was ich weiß
Kollabiert nach innen
Getrieben Jauche
Tiefe Höhlen alte Häute
Birst eine Kammer
Irrt faulig ein Rinnsal noch tiefer
Infamer Trieb hinunter

trinkt

Hängt am Mensch
Was hängt
Der ganze lahme Apparat
Der Hund
Beweglich animalisch
Wucherung
Reißender Organe
Komplexe zentralsystematisch gelähmt

trinkt

Ich bin beruhigt daß es ist wie es ist
Ich täusche mich man täuscht sich nicht wahr
Abstrakt bestimmte Foltern sind angeordnet
Immer noch die Peitsche die Fragen

Das Schweigen und längst keine Kraft mehr
Zur Züchtigung stinkender Teile
Die Länge und Breite und Tiefe der Hölle
Ist sinnlich eingebildet unvorstellbar
trinkt
Schmerzgeschehen
Jauchewallung
Zellgewühl
Triebgezuck
trinkt
Hervorbrechen von Flüssigkeit aus Drüsen
Stoßhaft stoßhaft
Feuchtes Verrinnen Geschmier
Heftige Regung
Ununterbrochen anhaltend unbändig
Konvulsivisch traumatisiert
Festigkeit alles
Vergangen längst längst vergangen
trinkt
Erinnerung
Wie alt ich bin
Wiederholungsanalyse
Wie oft hat sich was wie oft wiederholt
Andere rechnen nach Äonen
Ich in Sonnen
Fürchterlich zählbar
Wie oft sie wirklich schien
trinkt
Sehr oft
Mir hell und oft
So unendlich die Mathematik
So grauenhaft endlich bestimmt die mir bestimmte Ziffer
trinkt
Stimmen Stimmen
Die ich fern erinnere
Ich erinnere mich nicht

Ich kann mich nicht erinnern
Fragen seltsam strenge Fragen
Warum quält man mich
Erinnere ich mich
Man hat mich mißbraucht

trinkt

Warum
Warum quälst du mich
Ich war im fünften Jahr
Mißbraucht von wem
Der schwieg
Warum warum
Quält mich wer
Hör auf

trinkt

Jammer ist Lüge
Altersschwach Fälschung
Der Erinnerung
Es waren ja Götter da
Immer Engel oder ein Gott
Kräftig und schön
Mein rettender Engel
Der mich immer schützte

trinkt

Der Junge der ich war
Maßlos unsterblich der Körper
Furchterregend unbestechlich der Geist
Ornat des Kindes

trinkt

Schlotternd steht man
Erwachsen geworden trostlos
Vom Leben zertreten
Vor dem Kind
Das man war
Was man kaum zu erinnern wagt
Das Verdikt das es spricht

Über das vom Leben zertretene Leben vernichtend
trinkt
Aufhören
Eiter gestockter
Ruinhirnhöhle
Cortikalspasmus
Erinnerungsgewühl
Dreckstrieb
Jauche
Schmerzrhapsodie
trinkt
Aber Beweise
Werden nicht mehr angetreten
In diesem Zustand
Von Verfall
Der Erfahrung
Festen Bodens
Der Realität
Drecksdreck
trinkt
All das
Jahrzehntelang all das
Studiert gefeiert gescheitert zerbrochen
Narrenanstalt Wissenschaft
Narrenanstalt deutsche Universität
Narrenanstalt deutscher Geist
Deutscher Geist Gaskammergeistgeist
Hingerichtet
trinkt
Ein Völlegefühl
Leichenberge
Schwer verdaulich
Völlegefühl das stört
Das Denken
Leichenberge
Wirre Glieder Organe

Bilanzsuizid
trinkt
Wozu keiner das Recht hat
Man sitzt da
Er schweigt
Man verfällt
trinkt
Was sich beschleunigt
Schluck um Schluck
Mehr Stille
Bitte
Wieviel Uhr
Was immer rasender
Still steht
Wie bitte
trinkt
Was was
Ist es wie es ist
Aber wie
Aber wem bringt das was
Und einer wie ich
Interdigitalraumfäulnis
Auch das noch
Studiert jeden Dreck
trinkt
Was was nützt
Selten wird der Befund
Korrekt erhoben
Daß nichts nützt
Trotzdem stürzt
In jeden Moment
Ein blöder nächster
Auch noch mit Hoffnungsgeschrei
trinkt
Lächerlich
Was natürlich stört

Es gibt auch Brechreiz
Auch andere Vitalkonstanten
Fundamentaldogmata
Etwa tritt Rührung auf
Bevorzugt unerwartet
Angesichts der Kreatur
trinkt
Der Mensch ist
Was erstaunlich ist
Was natürlich jeder weiß
Erstaunlich freundlich
In alles gütig fest verstrickt
Daher der Haß Extremitäten zuckende Hunde
Gewühl des Geschehens die Schmerzen der Schmerz
Schmerz
MANN
Schwach
Schwach
Schwäche
Schwindend
Schwinden
trinkt
Annihilation
Durch und durch
War einem das All ein Körper
Ist da nichts mehr
Was mehr wird
trinkt
Wunden
Und Sinne und Trieb
Was keineswegs schwindet
Was schwindet Wille und Geist
Was schwindet die Kraft
trinkt
Man ist in ein Feuer geworfen
Glüht nicht brennt nicht leuchtet nicht

Verdunstet
Die Pfütze Wasser die man ist
Durst der verschwindet
trinkt
Nicht daß der Puls nicht mehr ginge
Viel zu sehr viel zu sehr pochend pocht er
Aber wo wo
Die Schläfen sind längst taub
Immer weiter unten pocht was
trinkt
Unter dem Kehlkopf
Draht
Geh weg
Empfindung des Schönen
Was lockt die Falle
trinkt
Sinkt Schnee herab
Gehen Tage hin
Vergessen
Neigt man sich sich zu
Flexion des Materials
trinkt
Stirnzerfall
Progredienz der Sachen
Stürmisches Gemenge was einen bedrängt
Daß alles mehr wird
Ein Rauschen
In das hinein der Punkt
Verschwindet der Selbstrest
Der friert
Sand wirbelt hoch
Die Spur vergeht
trinkt
Können Sekunden sich beschleunigen
Innehalten
Während die Stimme bricht

Oder springt die Zeit
Im Atom
trinkt
Herrscht Unordnung
Immer noch leben
Partikel der schwachen Kraft
Kaum ein Billionstel eines Billionstels einer Sekunde
Unsichtbar kurz
trinkt
Aber Zerfallsprodukte
Sind sichtbar
Fliegen bevorzugt vorwärts
Auch das Universum
Gut fünfzehn Billionen Jahre alt
Wächst jede Sekunde
Um ein Volumen so groß
Wie die Größe der Milchstraßen Galaxie
Jedoch zerfällt vermutlich
Sogar das Proton
trinkt
Voraussichtlich
Nach Ablauf durchschnittlich
Von million trillion trillionen Jahren
Worauf man derzeit wartet
In je ein Muon und Kaon
trinkt
Ein einziges Ereignis
Dieser Art hat man einmal
Bisher tief inmitten des Mont Blanc
An den hundert million trillion trillionen Protonen
Einer fünfzehn dekatonnen schweren Eisen Masse
trinkt
Beobachtet
Tatsächlich
Ist nicht bekannt
Wohin das führt

Was heißt das
trinkt
Daß Materie zerfällt
trinkt
Natürlich
Läuft die Uhr
In Bewegung
Langsamer
Wie jeder weiß
Daß plötzlich die Zeit rasend schnell
Fort fliegt
Sitzt man da
Altersschwach still
Zu warten verdammt
trinkt
Muß trinken
Muß trinken
Denkt man
Ruin
Es ist dunkel
trinkt
Die Sonnenfinsternis
Nicht zu vergessen
Vom achtundzwanzigsten fünften fünfhundertfünfundachtzig
Vor unserer Zeit
Ozeanisches Verhängnis
trinkt
Untergehen
Grundlos im Grundlosen
Haltlos Halt suchend immer gründlich
Grundlos untergehen
Müssen
trinkt
Schließlich
Ist trinken denken
Gründlich trinken gründlich denken

Die Welt des Trinkers ist die Welt
Gründlichster Konsequenz
trinkt
In höllischer Hitze
Ist Entgrenzung denkbar
Der vier grundsätzlichen Kräfte
In eine einschließlich
Schwerkraft
Deren Transmissionspartikel Graviton
Ist theoretisch postuliert und rechnerisch bewiesen
Bisher jedoch noch nicht beobachtet
Die schnellsten Beschleuniger heute
Sind so schwach
trinkt
Wie soll da ich
Sich errichten
Ohne Grund und sehr schwer
Nieder gezogen
Von Gravität
trinkt
Unergründet
Und schwer kräftig
Nieder gezogen geht man unter
Widerstandslos geschwächt
Läßt man sich ziehen
Treibt man
Denkt man man trinkt
Sich auf Grund
Nichts aber worauf man stößt
Es hat keinen Grund
trinkt
Das erforschen
Was Schwäche bewirkt
Annihilation
Von allem
Verschwinden

trinkt
Was sichtbar ist
Der Zerfall
Ob die Materie leidet
Ist vermutlich
Schwer zu sagen
trinkt
Eher daß man zu viel ahnt
Daß man alles weiß
Antwort hat
Nur flieht
Geschehen läßt
Was geschieht
Die Schöpfung
Gutheißt mit dem Lidschlag
Mache ich Ruhe hier Schluß jetzt
Macht man nicht
trinkt
Der Atem
Wiederhole ich
Atmet schwindend
Schwächer Schwäche
Schwach
MANN 16
Halt
Halt halt
Und bleib halt halt
Halt an
Und bleib
Was ist
trinkt
Es klopft
Da war etwas
Es hat geklopft
trinkt
Draußen schlugen Winde an

Fahle grüne Himmel
Wollten alt und rosa sein
Vorne Einschußlöcher schwarze
Randzerfetzte kleine Blätter
Diachrones Schieben Schatten Zerren
trinkt
Stürzten
Flocken von Schlaf
Durch mich durch
Blieb das
Draußen
Still
trinkt
War ein Alter eingetreten
Schleppend starr erstarrt
Raum um mich vernichtend
trinkt
Gleichzeitig blitzten irrwitzig erhitzt
Lichtschnell rasend hochbeschleunigt
Zeitpartikel in mir tief und tiefer
trinkt
Partikel Zeug zerstörerisch
Schrie ich Zeit wirkliche
Partikel Partikel von Zeit
Wirkliches Zeug das mich innen
Zelle um Zelle Zelle um Zelle
Zerhaut zerhaut
trinkt
Schrie
Es in mir
Wieder wieder
Schlug der Wind an
Sanft und ruhig hoben sich die Lider
War der Himmel samtbespannt wie zuvor wie eh und je
trinkt
Stehen Rätsel da

Und wer hat sie geschickt
Und warum und wann
trinkt
Entstanden Turbulenzen
Nur um dann still zu stehen
Um mich so zu täuschen
Oder rechnet ein Gesetz in mir
Das kein Gesetz ist wo kein ich ist
Oder muß nicht doch alles mit mir untergehen
trinkt
Wo das Auge nicht hin reicht
Hört manchmal das Ohr noch Dinge
Geschehen im Rücken im Rücken
trinkt
Die Furcht
Blieb die Stimme hinter mir
Die Worte unverständlich aber drohend
Im Ton tierisch tief und stetig raschelnd
Dem entgegen lehnte ich mich vorsichtig zurück
Und bohrte einen Fingernagel in die augverstopfte Orbita
trinkt
Wird Ruhe
Springt einen stumm was an
Reißt einen nieder ohne daß man sich bewegt
Großzügige Weite
Herzeröffnung müde warmes Pulsen
Und Wellen von Luft und Röcheln und Schaum
trinkt
Aber was heißt das
So verschwindet die Person
Und was ist das und was bleibt
trinkt
Jetzt
Aber war jetzt jetzt
Wirklich rein denkbar jetzt
trinkt

Versunken
Alles Schwere tragen
War ich noch da
Gischt flog weiß dahin
Denn über die Meere
Blasen Stürme
trinkt
Trinken
Trinken
Trinken
trinkt
Früher floß Rotz
Aus der Nase
Und Tränen
Salzig
Ins Ohr
Man lag doch im Bett
trinkt
Es war immer dunkel
Das Gesicht immer ein Matsch
Immer für immer verlassen
trinkt
War Geruch
War Gesang
Die aber gingen weg
Gewimmer daß man mit weg darf
Man darf nie weg
So ist man da
trinkt
Natürlich
War alles
Von Anfang an
Falsch
Fundamental verfehlt
Abzubrechen
trinkt

Natürlich
War die Bilanz
Vom ersten Augenblick an
Korrekterweise
Prinzipiell katastrophal
Aber nicht zu vollstrecken
trinkt
Unmenschliche Grausamkeit
Des Lebens Ja
Zum Leben
trinkt
Was verhängt ist
Erkennbar
Sofort
Zweifelsfrei
Wird gnadenlos sukzessive
Vollstreckt
trinkt
Todeskammerexistenz
Es hat geklopft
Da war etwas
In mir
Ist etwas
Aus Knochen da
trinkt
Der Knochenmann
In mir
Freund Hain
Nicht hinter mir
In mir bösester
Feind Freund Hain
trinkt
Widerspruch finaler
Agonales Qualgesetz
Fetzen Fratzen Stürme
Gleichzeitig

Vitale Hypodynamie
Letalstasis
trinkt
Ordentlich gemustert
Zucken draußen Blitze
Rollen Donner reißen Himmel auf kristallen
Aber der Wechsel der Materie
In mir beschleunigt sich die Starre
Anfall Starre Atrophie Pigment
trinkt
Fleischzerfall
Fleischzerfallskonstanz
Von Anfang an
Kotgeruch
Erbrechen
Zyanose Ozean
trinkt
Durst
Vitalkonstante
Durst
trinkt
Hat der Himmel einen Rand
Bin ich unendlich
Harmonisch
Wölbt sich wohl
In meiner Seele golden
Bestirnt ein Firmament
trinkt
Schließlich
Ist man
Ein Atom
Unteilbar kosmisch
Geordnet bewegt
Jetzt
Halt an und bleib
Halt halt

Halt

Mann 17

Stirb
Still
Nachtflugflugbeginn
Ein Bauarbeiter schlägt auf einen Felsen ein

trinkt

Gerät steht bereit
Zur Überwachung
Jeder Bewegung

trinkt

Gerade die letzte
Sekunde
Bricht
Sehr

trinkt

In Stücke
Gerissen beobachtbar
Fraglich ob Unschuld je wo zu Hause war

trinkt

Nicht vielmehr nicht
Und nirgends
Und nie
Zu klagen

trinkt

Aber der Mensch der

trinkt

Es weint die Träne
Ich trinke
Die Welt

trinkt

Ist gründlich eigentümlich
Allein für sich
Optimal gemacht und gründlich
Nicht betretbar

trinkt

Bei lebendigem Leib
Leider wohnt der lichtjahrfern
Extraterrestrisch
trinkt
Wie jeder weiß
Stört das
Im Leben
Häuft sich Tod an in Form von Leichenbergen
Die zur Erde
Zurück kehren in Zwang
Zu denken zerfallen
trinkt
Trinkt man
Erbricht man
Läßt man unter sich
Kot und Wasser
trinkt
Der Mensch
Stinkt
Um Himmel
trinkt
Und Hölle
Zu alarmieren
Vergeblich
Trinkt man
Man erbricht
Ich lasse unter mir
Ich trinke
trinkt
Das ist die Lage
Man kann sich nicht halten
Es läuft aus
Man tropft
trinkt
Ungerührt verschieben sich die Kontinente
Gegeneinander kollidieren werfen sich auf zu Gebirgen

So entstand der Himalaya
trinkt
Und Krustenrisse
Brechen ein
Und innere Glut schleudert hoch
Die Erde sich aus sich
trinkt
Das ist aber traurig für den Menschen aber nur für ihn
Sind Beben und Härte und Konflikt
Fehler und roh und ihm sehr
trinkt
Ragen Katastrophen auf
Wo Verstandesspitzen
Herzlos nackt sind
Ist es schwer
Nicht was man weiß
Zu sehen sondern zu sehen
Was man wirklich vor Augen hat und wirklich sieht
trinkt
Zerhaut mich
Zerhau ich ich
Ich zerhau
Ich zerhau
trinkt
Aber Glanz ist nie schwarz
Und wie Gewißheit gewinnen
Gegen das Schweigen
Wo das Herz zu geklebt ist
Müht man sich sehr
Vergeblich
Und man ist traurig
trinkt
Alles dunkelt
Unklar
Ahnungen wachsen
Rasen daher Orkane

trinkt
Zu viel
Und zu spät
Gestotter
trinkt
Aufhören
Zu trinken
Lochhund
Sausog
trinkt
Was soll das heißen
Es wird gerade ein neues Gerüst errichtet
Für wen und wozu
trinkt
Ich
Sehe
Nichts
Mehr
trinkt
Nichts
Verstanden
Nichts
Trinke ich
Trinke ich
Sonst nichts
Lasse ich unter mir lasse ich unter mir das ist alles
trinkt
Der Mensch ist gescheitert
Er stirbt
Ja
Und
trinkt
Es
Dauert aber
Gottverdammt lange
Hat das einen Grund und welchen

Daß man sich verschließt
Und liebeleer wird
Und stumm
trinkt
Waltet fremd
In einem oder allem
Eine fremde Willkür
Gegen einen oder alles
trinkt
Wie
Ist die Welt
Gedacht
trinkt
Ich
Trinke
Stinke
Bin
trinkt
Da
Röchelt man
Ist man noch
Nicht verreckt
Erbricht man
Kot
Lebt man
trinkt
Noch
Ist Zeit
Jetzt
trinkt
Einmal
Noch ein mal
Ein letztes mal ein
Zu atmen jetzt und
Aus aus atmend
Atmet es ich

Aus
trinkt
Wie die Sinne und alles
Vergehen ist offen
Verhängt
trinkt
Natürlich
Bin ich nicht
Nicht mehr
Wird es mir
Licht und
Ich
Still
Still
Stirbt

Finsternis